文学レボリューション第1回受賞作品

人生投影式

〈スクリーン・オブ・ライフ〉

末苑真哉

22世紀アート

装画　黒沼　伯

まえがき

「みんなを幸せにする」
この世界《スフィア》の未来に、たぎる想いを込めて

目次

まえがき …… 3

1　母の日には、黄色を …… 9

2　最後のFIRST《ファースト》 SONG《ソング》 …… 23

3　名も知らぬ隣人のお葬式 …… 37

4　ささくれたエンドロール …… 49

5　アロマじかけの救世主《メサイア》 …… 61

6　風のない朝に、妻は …… 75

7　凍るような温もりの記憶 …… 91

8　良い種　悪い種 …… 105

9　流れよ黒き涙、と博士《せんせい》は言った …… 121

10　スクリーンは黄金色《こがねいろ》 …… 141

あとがき……155
出版にあたって……159
●参考文献……163
●参考記事……167
著者略歴……169

ちょうどそのとき、彼の内部で、融合に加わっている全員のざわめきが、この孤独の幻覚を打ち破った。

きみたちもやはりそう感じるんだね、と彼は思った。そうだよ、といっせいに声が応じた。

――『アンドロイドは電気羊の夢を見るか？』フィリップ・K・ディック

由此彼皆無　故一切唯識

此《これ》に由《よ》りて彼は皆無し　故に一切唯識《ゆいしき》のみなり

――『唯識三十頌』世親

1　母の日には、黄色を

「この度はご愁傷様です。私、スクリーン・オブ・ライフから参りました室屋《むろや》と申します。失礼ですが、喪主の森田《もりた》様でいらっしゃいますか？」

告別式直前、白い顔をした喪服姿の男が微笑みかけてきた。男の頭は銀色に輝いている。てっきり葬儀社の人間だと思っていたのに、ひどく場違いに目立って違和感を覚えた。

「……もしかして、ご存知ありませんでしたか？　故人様がご依頼されましたこと」

急な訪問者に戸惑う私を気にもせず、男は笑顔のまま胸の名札に手をやると、目の前に七色の光が飛び出し、ホログラムのデジタル名刺が表示された。

【スクリーン・オブ・ライフ〜人生の大切な瞬間を投影します〜】

鯨幕《くじらまく》に囲まれたモノトーンの葬儀場にカラフルな電子文字がくるくると浮いている。

「これは内密ですが」と囁《ささや》いた。ある研究所が〈記憶の映像化〉に成功したのだと。

眼球の網膜に映った像は、脳の外側膝状体《がいそくしつじょうたい》を経由して側頭葉にデータとして貯蔵される——昨日の夕食から初恋の女の子のリボンの色まで、細かく保存される。その記憶データから脳波を受信し、映写する仕組みらしい。

「我々はその仕組みにより『人生投影式』をご提供しております。ただし、対象となるのは亡くなられた方のみになります。また、投影が可能なのは死後三日以内に限られます」

明快な説明を聞いてやっと理解した。——最期くらい、穏やかに見送りたかったのに。

還暦前にあの世へ旅立った母が遺していったものに、苦いものが胸に込み上げてくる。

いつだって母は自分勝手だ、死んでからも。

私は父を知らずに育った。私が生まれた頃、仕事の大半がＡＩに取って代わり、無学だった母は貧しくも必死に働いていた。幼い頃は玄関で迎えるやつれた笑顔が大好きだった。

けれど、母の私への愛はどんどん膨らんでいった。

「とにかく勉強しなさい。将来困らないようにね」

大昔にパソコンと呼ばれた個人端末を足し算も知らないうちから与えられた。私から「したい」と言った覚えは無かったのに学習塾はもちろん、ピアノに水泳とたくさん習い事をさせられた。二十四時間予定が埋まり、隙間が出来たらゲームオーバーになるパズルゲームみたいな毎日に、私は少しずつ押し潰されていった。

呆然《ぼうぜん》としていると夫が遠慮がちに訊《き》く。

「お義母さんが頼んでいたの知らなかったの？」

「知るわけないじゃない」

「おばあちゃん新しい物好きだったんだね！」と、六歳になったばかりの娘が抱きついた。３Ｄピアノが宙に浮いている。待っている間に遊んでいたのだろう。私の頃とは違い、このサイコロ大の白いキューブ型端末【パノラマジック】を使えば、好きなものを何でも立体映像で呼び出せる。出費を切り詰めてまで私にピアノを習わせていた母が見たら驚くに違いない。娘の澄んだ瞳に「そうね」と返事するのが精一杯な私に、室屋と名乗る男が笑顔で続ける。

「仮にですが、投影者の映像を――記憶を見せる側のことです。一方、受ける側を鑑賞者様と呼びます――鑑賞者様が希望しない場合は中止可能です」

いつの間にか会場には弔問客が集まってきていた。対応しなきゃ、と止まっていた頭が働き出す。そうだ、死んでからも母に従う必要なんてない。

「断ります」

「本当に宜しいのですか？　故人様の想いをお知りになれる機会はもうありませんよ」

首を横に振ると、男は黙って電子画面に人生投影式の申込書を差し出した。紛《まぎ》れもなく母の筆跡。投影日時、場所、鑑賞者に続く内容に私はサインしていた右手を止めた。

「二十年前の……母の日？」

「ええ。一人娘である喪主様へお見せしたいそうですよ」

思わず祭壇へと振り返る。遺影の母は笑っているけど、何を考えているのかちっとも分からなかった。目を逸《そら》したその時、遺影を飾る花の一色が視界に飛び込んできた。

黄色。

喪服の胸元にすうっと寒さが走る。祭壇を彩る花は白いカーネーションで、照明で黄色く輝いて見えただけだった。頭の奥底にしまいこんだ記憶が引きずり出されていく。そっとペンを置いた。「……すみません。キャンセルは取り止めます。上映して下さい」

お経とすすり泣きが広がる中、私の両目から涙は一滴も出なかった。式開始前、男は黒い小さな箱からケーブル類を引き出すと棺《ひつぎ》に横たわる母の頭部にセットし、祭壇上にモニターを広げ、あっという間に準備を整えた。まだ何も映っていない白いモニターを睨まずにいられなかった。

——死んでからも私にお説教するつもりなの、お母さん？

二十年前のことはすぐ思い出せた。私は高校生になったばかり、一度始めたことは続けなさいという母の言いつけ通り習い事を続けていた。放課後、クラスメイトの遊びの誘いに「ピアノのレッスンがあるから」と断ると一斉に笑われた。「お母さんのいいなりだね」

その一言は棘《とげ》のように胸を突き刺した。制服の下で広がる痛みは止まらず、その日、私は生まれて初めて習い事をサボった。当然すぐにバレてしまい、ダイニングで向かい合わされた私はテーブルの下で拳を握りしめながら叱られる覚悟をしていた。ところが、

「あなたの為に言っているのに」

母は肩を萎《しぼ》ませて泣き出した。じとじとと降る声に膨れ上がった痛みがぱちんと

弾けた。

「そう言って全部、お母さんが押し付けているだけじゃない！」

しまった。言い過ぎた、と後悔した瞬間、

「……私が駄目な親だから、あなたもどうせ駄目な大人になっちゃうんだわ……」

いじけるような母の態度に心の奥がすーっと冷めていく。狭いダイニングルームは夜露で湿っていくようだった。その夜、新しい気持ちが私の心に芽生えていた。

翌朝、一言も口を利かず私はピアノのレッスンへと出かけた。あっという間にレッスンが終わってしまい、足取り重く商店街を歩いている途中だった。

満開のカーネーション。当日が母の日ということをすっかり忘れていた。毎年贈っていたのをやめるなんて、と花屋の店先で立ち止まっていると、

「お母さんにプレゼント？」

優しく話しかけてくる店員に、みるみる胸が凋《しぼ》んでいく。あんな人に贈る必要なんてない、と黙っていると店の奥、きらりと光る花に目を奪われた。

「……黄色だ」

「奥の黄色のカーネーション？　綺麗だけど、母の日には向いていないかも……」

言いたくなさそうに店員が顔を曇らせた瞬間、ざわりと胸が騒ぎ出す。無邪気なふりをして私は「どうしてですか？」と続きを急《せ》かした。

「カーネーションは色で花言葉が違うの。赤は『愛』、ピンクは『美しさ』。黄色は、」

それはまるで秘密を打ち明けられたように、私の心でそっと咲いた。母に感じていた冷たい気持ちの正体を知り、花束を握りしめるとまっすぐ家へ向かった。

――軽蔑《けいべつ》。

それが黄色のカーネーションの花言葉だった。母の存在が重かったあの頃、抵抗できなくて、必死に考えたちっぽけな嫌がらせのつもりだった。大学進学とともに家を出て、結婚してやっと母と距離を置けるようになったばかりだったのに。

「これより故人様のご遺志による人生投影式を始めます。モニターにご注目下さい」

いつの間に読経《どきょう》が終わったのだろう、銀髪の男の流暢《りゅうちょう》なアナウンスに慌てて顔を上げた。穏やかなＢＧＭの中、遺影の上のスクリーンに〈ＬＩＦＥ〉の文字が浮かび上がる。まるで結婚披露宴だと驚いていると画面中央、ぽつんとテーブルが現れた。これってまさか、と思わず手を伸ばすと立体映像のテーブルの表面には見慣れた小さな傷に息を呑む。

嘘でしょ。けれどそれは正真正銘、母と何度も向かい合ったダイニングテーブル。小刻みに震える画面に時々小さな光が映り込み、それが水滴だと気付いた時、ドアが開いた。

そこには二十年前の私が立っていた。少しの沈黙の後、スクリーンの私が背中に隠した花束を差し出そうとする。恥ずかしさに胸がかっと燃える。

――嫌だ、見たくない！

けれど、顔を覆った指の隙間から射し込む色に、思わず手を下ろした。

カーネーションは黄色ではなく、真っ赤に咲き誇っていた。

「……これ、何か変です！」

思わず喪主席で立ち上がった。驚いた夫や娘、弔問客に見返される中、スクリーン・オブ・ライフの男だけが「どうしましたか？」と微笑みかけてくる。

「……た、確かに当時の景色通りですけど……その、カーネーションの、色が、違って」

「スクリーンに映るのはお母様の記憶そのままですからね。色もそうです。毎年欠かさずカーネーションを娘に贈られたのが自慢だったと、お申込み時に仰《おっしゃ》っていましたよ」

驚きのあまり座り込むと、優しく男のアナウンスが続く。

「生前に故人様からメッセージをお預かりしておりますので、代読させて頂きます。『この前日思わず娘に当たってしまいました……お恥ずかしい話です。娘には私みたいにならないで欲しい一心で、自分に似た駄目なところを見るたび遺伝のせいだと不甲斐なかったのです。けれど翌日、こんな情けない母親に娘はカーネーションを贈ってくれて私は確信しました。この子はちゃんとした大人になれる、優しい子だと』……」

スクリーンはあの日の私だけを投影し続け、母の姿は映らない。ゆらゆらと揺れる赤い花弁は黄色い箇所が映ったり消えたりして、狭いダイニングルームは柔らかな陽射しに包まれている。

「今まで贈られたカーネーションの思い出も重なっているのでしょうね」

――お母さん！

出会ったことのない気持ちが広がっていき、胸が破裂しそう。苦しい。

すると急に画面が切り替わった。

「ここからは、故人様からの追伸です。黄色は、大好きな色だそうですよ」

先程よりも幼い私がご機嫌で母と手を繋いで歩いている。もう片方で握りしめている雑草に息を飲んだ。「お母さんにお花を贈りましょう」と保育園で習った日だ。

出来るだけきれいな花を摘んでリボンで結び、迎えに来た母に渡したっけ。スクリーンの私は得意げだ。すると、楽器屋の店先に一台のピアノが現れ、幼い私は鍵盤を叩き始めた。メロディもリズムも無茶苦茶だけど、軽快な音。何度もこちらにねだるように笑う。

「私、ピアノ習いたい！」

画面の隅、母の荒れた指に握られた小さなブーケには黄色い花が咲いている。この数日後、家にピアノが届いたのをやっと思い出した。

「ママもピアノ大好きだったんだね！」

横に座る娘が３Ｄピアノとスクリーンを交互に指さす。スクリーン中央でピアノに夢中な私とそっくりだ。思わず笑った反動で、黒いスカートの表面に水滴がキラキラ光った。

「……忘れっぽい駄目な娘でごめんね、お母さん」

スクリーンの下、陽だまりと花に囲まれた母が笑った。

2

最後のFIRST《ファースト》 SONG《ソング》

「青山准一《あおやまじゅんいち》さん。あの歌、あなたが作ったんじゃないですよね」

待ち伏せするファンだと思っていた女の子は、楽屋を出た俺を捕まえるなり言い放った。


初のホールライブ。パノラママジック社協賛のホログラム配信を合わせ百万人を熱狂させ、幸せな疲労感に浸っている最中だった。「JUN《ジュン》の新曲が泣ける！」SNSの誰かの一言で四か月前リリースした新曲は急ピッチで再生回数を伸ばした。有名曲のカバーで歌手デビューしたものの、オリジナル曲が全く売れなかった俺は遂にヒットに恵まれた、のだが。

「認めないなら、今大人気のJUNの楽曲が盗作だってネットに拡散しますよ」

「……何か勘違いじゃないですか」

「しらばっくれるんですか」威圧的に詰め寄られる。参った、変なファンに絡まれた。マネージャーに送って貰えば良かったと後悔した矢先、

「私、優馬の妹です。岡崎優馬《おかざきゆうま》分かりますよね？」

「……え、優馬、の？」

久しぶりに呼んだ名前が会場脇の冷えたアスファルトに落ち、余韻を響かせた。大学時代、誰よりも一緒に居た親友の名前に懐かしさが汗とともに込み上げる。発売前から新曲のヒットを俺は確信していた。――だって、あれは、優馬が作った歌だからだ。

静まり返る住宅地、至る所にある葬式案内に迷いながら平凡な一軒家に着いた。

こんな遠くから上京してきたのか、と優馬の一人暮らしのアパートを思い出す。壁の薄い部屋だった。入り浸っては優馬のギターに俺がアドリブで歌い、酒が入るとロック談義に朝まで熱くなった。ただ気持ち良くて歌っている俺に、優馬は決まって「基本だろ」とまるで自分が作ったみたいに誇らしそうにビートルズとか百年も昔のバンドの曲を聴かせた。コードの押さえ方も教えてくれた。初めて人前で披露したのは学園祭。優馬の音色に観客全員がうっとりし、激しいリフでは勢い余って俺がジャンプする度、講堂のステージの薄い板張りがギシギシ鳴ったっけ。優馬は誰より音楽に詳しく、音楽を愛していた。

「来てくれたんですね」と玄関から喪服姿の優馬の妹が出てきた。今日は声が一段と暗い。無言で家の中を顎で指される。通された部屋には白黒の幕が張られ、ベッドとパノラマジック端末が置かれたテーブル、そして壁際に白い棺桶——本当に、あいつが死んだのか。

「兄の部屋です。殺風景でしょ？　どうですか、曲を盗んだ罪悪感とか湧いてきました？」

「由佳《ゆか》、やめなさい」

祭壇の前に座っていた黒い着物姿の中年女性がそっと諫《いさ》めた。目蓋《まぶた》を赤く腫らしたまま「母です」とお辞儀され、慌てて一礼する。「……こ、この度はご愁傷様です。青山です」

喉はカラカラに乾いていた。慣れないお悔やみの言葉は、ボーカルレッスンで何百回と歌わされる練習曲のように全く気持ちが入っていなかった。

「……あら、よくネットでお顔を拝見するわ、優馬ったら有名人の方とお友達だったのね」

そんな、と畏《かしこ》まると「お母さん」と鋭い声に背中を刺された。事情を知らない様子の母親を制しながら由佳ちゃんは俺を睨みつけ、「兄の遺言です」と威圧的に続ける。

「一つ、人生投影式をしてほしい。二つ、その際は青山准一を式に参加させてほしい」

「え？　人生、と……、何て？」

「人生投影式です。故人様のご記憶をスクリーンで上映し、遺《のこ》された方に鑑賞頂きます」

突然のテノールボイス、振り返ると背後に黒スーツの男が立っていた。

年齢は俺より少し上ぐらいに見えるのに、頭が銀色で浮世離れしている。親戚だろうか。

「業者の人」と、そっけない由佳ちゃんの返答も男は気にも留めず、黒い小箱からギターの弦ほど細いコードを取り出し、棺《ひつぎ》の蓋へと両手をかけた。ギィ、と耳障りな音に包まれる中、優馬が現れる。真っ白な寝顔だった。酔いつぶれるたび、こいつの額や頬にマジックで落書きしたっけ。爆音でロックを流しても全然起きなくて「いい加減起きろよ」って笑いながら起こした。だけど、今は。「……あの。何で、優馬は……、その」

死んだんですか。喉の奥でくすぶる一言を飲み込むと、優馬の母さんは消えそうな声で説明した。急激なＡＩの台頭による就職難の中、管理職にまで昇りつめたが、無理を押し通し、去年ぷつりと弦が切れたように心身を壊したという。

――あの、あいつが？　信じられない。

ふと、テーブルに置かれていた「Ｐ」のロゴ付きキューブを見れば電源がついている。部屋の鯨幕をホログラムで投影していたらしい。今や一流企業のパノラマジック社の内定をあんなに自慢してきたのに、何で。大学四年の春、音楽を辞めると告げられた日が甦《よみがえ》る。

「何で辞めるんだよ！　働きながらだってバンドはできるだろ！」

「甘いよ、准一。オーディション結果、散々だっただろ？　所詮、その程度だったんだよ俺達は。それに、音楽なんて遊びだしな。これからは俺が日本経済を回してやるよ」

学園祭で盛り上がった曲を、二人で満を持してコンテストに出したりネット発信したりしたが世界は何も変わらなかった。ろくに弾けないギター片手に俺は奥歯を噛みしめた。

音楽なんて遊び。俺よりずっと音楽が好きだった優馬の一言が、どうしても許せなかった。不協和音の響く部屋が広く感じ、優馬のアパートに出入りするのをやめた。

「あの子、病死した夫に『他人に弱音を吐くな』って厳しく育てられたせいか、仕事が辛いのも隠して、平気そうにして私達の生活まで見てくれて……」

優馬の母さんを由佳ちゃんが抱きしめる。その震えた嗚咽《おえつ》にたまらなくなる。

「……すみません、……やっぱり、俺に、優馬の記憶を見る資格なんて、無いです」

「何よ、逃げる気？　疚《やま》しい気持ちがあるから？」

甲高い由佳ちゃんの声がクレッシェンドに響くと、祭壇で作業中の男が急に振り返った。

「もしかして歌手のＪＵＮさんですよね？　わぁ、やっぱりそうだ。新曲大好きです」

場違いな男の反応に「何ですかあなた、不謹慎じゃないですか！」

ぴしゃりと由佳ちゃんが弾き返す。けれど黒い男はフラットな声音のまま、歌うように俺に続けた。

「鑑賞者をあなたにご指定されたのです。故人様の想い、再生して差し上げませんか」

簡単な葬儀の後、それは始まった。優馬の頭に繋がれたコードの先、黒い箱型のスイッチを男が操作すると遺影の上にスクリーンが現れると〈ＬＩＦＥ〉と立体文字が浮かび、ボロン、と明るい音色が響いた。コードを鳴らしただけで分かる、あいつのギターだ。

「未来のヒットソング間違いなしのが出来たぜ。早速彼女に……、と言いたい所だけどいいねぇからなぁ。仕方ねぇから、准一に世界で最初に聴かせてやるよ！」

自信に満ちた声とともに懐かしい部屋が浮かび上がると、シングルベッドの前、子供みたいに期待にうずうずしている俺がいた。あの頃の興奮が再生されていく。生まれたてのメロディの一音も逃したくない、と両耳が夢中になる。明るいのにどこか切ない歌にまだ歌詞はないが、多分、誰でも分かる。この主旋律は俺の新曲と全く同じだ。

「やっぱり盗作じゃない！　こいつ、パクっておいて平気でキャーキャー言われて、なのにお兄ちゃんは会社で頑張り過ぎて……鬱に、なって……。お兄ちゃんが可哀想！」

スクリーンから俺の能天気なはしゃぎ声が責めてくる。

――やっぱり、許してくれるわけないよな。

耳を塞ごうとすると「母さん、由佳」と突然、優馬が呼びかけた。キューブ端末からだ。

「これを見ているとしたら俺はもう、いないんだよな。……突然、こんなメッセージ残してごめん。最近さ、俺の人生って何だったのかな、ってごちゃごちゃ考えちゃって、はは、忙しくて頭おかしいのかな……。母さん、今まで不自由なく育ててくれてありがとう。失敗作の息子でごめん。由佳、こんな兄ちゃんなのに慕ってくれてありがとう。でも、少しは短気を直せよ。――准一。来てくれたのかな、来てくれたなら嬉しい」

映像に重なる声は聞いたこともないほど疲れ切っていた。胸の鼓動が十六ビートに速まる。すごく怖いのに、俺の耳は続きを聴きたがっている。

「遅くなったけど、新曲、ヒットおめでとう。聴いた時は驚いたよ、あれ、俺達が初めて一緒に作った歌だもんな。……お前からの連絡、ずっと無視して、ごめん」

由佳ちゃんが「どういうこと？」と取り乱すのと同時にスクリーンの六弦を爪弾く優馬の指が止まった。「実はさ、サビが決まらないんだよ」と漏らすと、「こんな感じはどう？」今が一番幸せみたいな能天気な歌詞を載せて俺が歌い出す。

「無茶苦茶な転調だな」

からかう優馬は、出来上がったギターリフを繰り返し鳴らした。嬉しそうに響く和音《コード》。

「すごくいいじゃん、これ」

そうして、俺達の歌は完成した。

どんなに努力してもＡＩ生成で試しても、優馬以上の曲を作ることは俺に出来なかった。

才能の差に愕然とし、羨み、優馬が隣に居てくれたらいいのにと何度も願った。

一年前、主旋律そのままにアレンジすると俺達の歌は再び輝き出した。事務所から初めて一発ＯＫを貰うとすぐに共同制作者契約の連絡をした。半年待っても、優馬から返事はなかった。

「今更、お前とどんな顔して会える？　頭下げるなんて絶対無理だった……馬鹿だよな」

初めて聴く優馬の泣き声。俺よりずっと音楽に詳しくて、弱音なんて吐かないそのプライドを俺が傷付けた。今更後悔しても遅いのに、――でも、俺は、本当はただ。

その時スクリーンが切り替わった。眩しさに目を細めると、棺の横で男が口を開いた。

「こちらも投影者様がご希望された記憶《サウンド》の景色《スケープ》です。お二人の息、ぴったりですね」

光の正体はスポットライトだった。足元に現れたホログラムの床、踏むたびにギシギシと鳴り、正面の観客席にはまばらな立体の人影がリズムに合わせて揺れる。この前のホールライブ配信にも負けない臨場感だ。見下ろす角度で映るのは傷だらけの指とギターの弦、その上をピックが弾き、軽やかな和音が狭い講堂に響きわたる――人生で一度だって忘れた日はない、学園祭での初ステージだ。マイクを握る俺がギターの音色に全身を委ね、無防備な笑顔でアイコンタクトしてくると、力強く歌い始める。

「……また一緒にやろう、って言ってくれて本当は嬉しかった……。ありがとう、准一」

一秒もズレのないユニゾン。俺達が作った最初で最後の歌《エレジー》は、この瞬間が人生で一番幸せだと叫ぶようにリフレインを重ね続けた。

3　名も知らぬ隣人のお葬式

顔も知らない人のお葬式に行くなんて、思いもしなかった。

「それと人生投影式もですよ」と、会場へ案内する黒い男がやんわりと答える。よく晴れた昼下がり、コウモリみたいな漆黒のスーツを着た男は細長く、緑生い茂る野道にマネキンが歩いていると錯覚してしまう。サラサラと銀色の髪をなびかせる白い顔は人間味が全く感じられないのに、喋《しゃべ》ると妙に人懐っこい。笑顔を向けられ、急に喉の奥から苦いものが込み上がってきて私は思わず顔を伏せる。

「タブレットでも大丈夫ですよ？」

しまった。別にこの人が苦手なわけじゃない、空っぽの胃に膨らむ罪悪感を無理やり飲みこみ、指輪型《リング》キューブをフリックする。並木道、空中に現れた３Ｄキーボードを打つ。

〈すみません。対面で人とお話しするのが久しぶりで戸惑ってしまいまして〉

「お気になさらずに。それにしても自然豊かで気分がいいですね、梨も生き生きしていて」

気持ちよさそうに伸びをする男につられて見上げると、樹々の上に広がる青空を収穫搬送用ドローンが山の向こうへ飛んでいく。そっと深呼吸する。空気がおいしい。

〈畑の手入れと収穫量が安定してきたお陰です。目には見えないですが、荒廃農地が蘇《よみがえ》ることで自然が循環して空気や水が綺麗《きれい》になり生態系が戻りつつあるんです〉

「なるほど。どおりで美味しい梨が育つわけですね」

目の前にいる男と画面越しに話すと、少し落ち着いてきた。すくすくと伸びる枝のように私の十本の指はキーボードを叩く。指は舌よりもおしゃべりだ。

「梨の生産量だけでなく人口もV字回復したそうですからね。いつからこちらに？」

〈五年前です。前職を辞めた直後にたまたま求人を目にして。農業には元々興味がありましたし、それに……ここなら、人と話さなくても生活出来ますから〉

「社会は場所ではなく、人と人とのネットワーク。利根《とね》さんのお考えですね」

不意に利根さんの名前を出されて指が固まる。人生投影式の招待を受けるまで名前も顔すら知らなかった隣人に、私はこれから会いに行く。向こうはもう亡くなっているのに。

数年前までここは限界集落だった。生産者の高齢化と後継ぎ不足でエンディングを迎えようとしていた村に、梨の栽培を条件に生活空間を提供する【二十二世紀スフィア】とか言うコミューンが創設された。無職になったばかりの私は、その求人の項目「人と顔を合わせなくても良い働き方／生き方ができます」の箇所に釘付けになった。今世紀初頭に起きた感染症パンデミックで浸透したリモートワークが発想のきっかけらしい。「対面で生じる対人関係の弊害をなくせば生産効率も各個人のQOLも上がる」という説明に惹かれ、すぐに申し込み、無事採用されると鞄一つですぐに引っ越した。

初めての農業は難しかったけど私には合っていた。視界360度に広がる梨畑に水や農薬散布はドローン、収穫はAI搭載ロボットを操縦すれば一人で充分だ。果物がすくすく育つようにと、最近はお気に入りの曲をかけたりもする。梨は苗から実になるまで早くても五年以上かかるけど、愛情を注げばどんな実でも育つ。黄金色の姿は子供のように愛おしく、枯れた木も諦めずに手入れして息を吹き返した時には幹に抱きついて喜んだ。

求人通り、スフィア内のプライバシーは完全保護されていた。起床後、人差し指に巻いたパノラマジックで毎日のヘルスチェック。週一回、誰ともすれ違うことなくセンター棟のクリニックに移動し、近くの湖を眺めながらロボットによる診察。畑から戻った後は端末のメニュー画面で食品や雑貨の3Dサンプルを手に取り、気に入ったらクリック。数分後にはドローンが窓からお届け。他人の気配を感じないまま眠りに就く。

透明の住民達に、私以外にも社会に窒息しそうな人が沢山いたんだ、利根さんもそうだろうと思っていた。

「園管理者の利根さんの遺言です。本日の人生投影式の鑑賞者にご指名されました」

今朝、畑にパノラマジックを置いて配信ライブを再生し、ホログラムのJUN《ジュン》が歌う横からコウモリみたいな黒い人影が現れた時は、うっかり散水ホースでびしょ濡れにさせるところだった。でも私は顔も存じ上げないし、お隣に住んでいたことも初耳で失礼過ぎます、と頭を下げてしどろもどろに伝えると「利根さんは身寄りがいなかったそうです」と穏やかに返される。マネキン人形のような黒い男は微笑んだ。

「相手をよく知らないからこそ、知ってみるのは素敵なことじゃないですか？」

到着した先は火葬場だった。

直葬が本人の希望だそうで、殺風景な部屋にはお坊さんと私達しかいない。お棺《かん》のそばの写真立てを見れば、目尻を下げた優しそうなおじいちゃんが笑っていた。

——利根さんってこんなにご年配の方だったんだ。あの大きな梨畑をコミューンに再開発した腕力にてっきり若い経営者だと思い込んでいた。私と同じで一人きりだったんだな、と数珠を握りしめ両手を合わせる。あっけなく読経《どきょう》が終わり、男は合掌すると迷うことなくお棺の蓋を開けた。写真と同じ穏やかな顔で眠る利根さんの頭にケーブル類を付けていく。慣れない風景にそっと目を伏せると「始める前に少しだけ休憩しましょうか」と準備が終わったらしい男は突然ビニール袋から中身を取り出した。黄金色に輝く果実は私が担当する園のマークが付いている。男が齧《かじ》りつくのを呆気《あっけ》に取られて眺めると、

「もぎたては別格ですね。デジタル味見は味気なくて。あ、洒落じゃないですよ？」

見かけに似合わない男のダジャレはともかく、同感だ。味覚再現・デジタルテスターがネット通販で大人気だ。所詮は五味刺激のデータに脳が反応した幻に過ぎないけど、うちの梨もテスターＤＬ《ダウンロード》数が多く、販売を後押ししてくれている。個人的には食欲の無い時に助かる。胃は空っぽでも食事した気分に罪悪感が紛れる。ここ数年ヘビーユーザーだ。

「私も子供の頃にＤＬ出来たら空腹ごまかせて助かったのですけどね。でも、やっぱり本物は別格だ。こんなに美味しいものを作れるなんて神様ですね」

大袈裟《おおげさ》だな、と思いつつ頬が緩む。あまりに美味しそうに食べるので、つられて一切れつまむ。噛んだ瞬間、シャリシャリと強い歯ざわりと、瑞々《みずみず》しさが舌の上に広がる。

うん、新鮮だ。昨日出荷した分もこれなら満足して貰えるだろう。安心して、ふと視線を感じて顔を上げると男と写真立ての利根さんに微笑まれた。慌てて顔を伏せる。けれど、喉の奥からは苦さが込み上げてくることなく、爽やかな香りが通り抜けた。

「これより利根様の人生投影式を始めます。お手紙を代読《だいどく》いたしますね。

『まずは急なお呼び出しで申し訳ありません。そして初めまして、というのもおかしな話ですよね……突然で大変不審がられていますよね。無理を承知で、私の投影の鑑賞者を貴女《あなた》に依頼したのには大事な理由があります。この農園の経営権を是非、貴女にお譲りしたいのです』」

突然の提案に、無理矢理ものを口に押し込まれたように頭がくらりとした。何で私が？

遺影の上でスクリーンが灯ると、一面の青空と梨畑を映し出す。網の目のように重なり合う枝には無数の金色の果実。毎日見ている梨畑は驚くほど美しかった――本当に利根さんの記憶の景色なんだ、と理解すると木陰から人影が現れた。まさか、これって。

「ごめんなさい。覗いてはいけないと分かりながらお隣を覗いてしまいました。ご不快になりましたよね、誠に申し訳ありません。でも、お任せした園から収穫された梨を食べて、一目どんな方か知りたかったのです。他の方に任せたよりも、貴女の梨はジューシーで甘く、大切に育ててくれたと分かったのです。心の底から嬉しかった」

スクリーンの中の私が陽射しを浴びる梨を眩しそうに見つめている。丸々とした果実に負けない黄金色の笑顔。……私、こんな表情していたんだ。すると画面が切り替わり、収穫用ドローンから梨を握る手の平が現れた。皺《しわ》の寄った小さな手、利根さんだ。真正面に近付く青みがかった黄色い実がシャリと心地良く鳴り、若い香りが鼻孔を抜ける。私は何も食べていないのに、果汁から酸味が弾けると舌がじんわりと痺《しび》れていく。甘い。

梨って、こんなに甘かったんだ。

「……実は、私、味覚障害なんです。……前の会社を辞める直前から、ずっと」

甘酸っぱさに慣れた舌がゆっくりと動き出す。

私は自分の過去を黒い男に話し始めた。

違和感に気付いたのは、定例会議が終わってトイレに駆け込んだ後のこと。いつも通り嘔吐して空っぽになった胃は悲鳴をあげながらも空腹を訴え、無理矢理食べたおにぎりはねちゃねちゃと舌の上で崩れた。味がしなかった。私は三十歳になったばかりで、職場でリーダーに任命され、頑張らなきゃと意気込んだものの職場の人間関係に苦しんでいた。それまではパノラマジックの【エラー発言予防フィルタ】

を使えばコミュニケーションに困ることなんてなかったのに、人前に立った途端「調子に乗るな」と発言をあげつらわれ、失敗すれば「責任取れ」と責められ、口を開く度に躓《つまず》いた。まるで小石を飲まされるような毎日に、いつしか私は唇を開くのをやめた。

「代々続いた梨畑を手放すしかないと諦めていた矢先、スフィアの提案を受けたところ、幸運にも貴女《あなた》のように心優しい人が来てくれた。お陰で村は生まれ変われた。本当にありがとう。どうか私の梨畑を守り続けてくれないだろうか、貴女は梨の女神様だ」

本当にもう、大袈裟だな。苦笑しながら、黄金色の梨に囲まれる自分の姿を見返す。

「……利根さんが見てくれていたんだ。私のことを見てくれている人が、いたんだ……」

甘酸っぱさの広がる口腔《こうこう》に、久しぶりに発した私の声がポロポロと零《こぼ》れ落ちていく。黙ったまま頷《うなず》く黒い男は「続きを読みますね」となめらかに続けた。

「追伸。梨を慈しむ姿、とても綺麗です。お恥ずかしながら、人生の終わりに初恋の味を思い出しました。老人の勝手な片思いをお許し下さい」

利根さんが味わった梨の記憶が舌に転がる。

甘い。甘いのになぜかしょっぱい。

梨の木に囲まれて生き生きと私を映すスクリーンが滲んでいくのを見つめ、もっとあなたのことを知りたかった、と喉の奥から言葉が溢《あふ》れ出した。

4　ささくれたエンドロール

その白いトラックは踏み潰《つぶ》された空き缶みたいにぐしゃぐしゃだった。

「これって近所じゃない！」

〈本日の行方不明者状況〉から切り替わった次のニュースを、バター無しのトーストを齧《かじ》りながら眺めていると、妻がモニターを指さした。家から車で三十分程走った郊外の国道だった。確かに見覚えがある。フロントガラスは全て砕け散り、エンジンから煙を吐く車体はガードレールを突き破って並木の手前で鉄骨柱の下敷きになっている。上空からの映像、緑に囲まれ横転するトラックの姿はミニカーみたいだ。

「おい、ホログラムモード切っとけよ、こんな交通事故見るのに臨場感なんかいらないよ」

「明け方ですって。対向車はいなかったのね。道も空いていたのに何でかしら」

「大方急いでいたんだろ。今はネット注文しても届くのが遅くて困ったもんだ」

アナウンサーが続ける。

死亡が確認されたのは運送会社の二十代の男性従業員で……。

「おとうさん」今まで何百回も呼ばれてきた妻の声がこんなにも震えていたことはない。忘れたように汗が首筋をじっとりと流れ、ひやりと肌を逆撫《さかな》でる。

息子の博《ひろし》が死んだのは、俺が還暦を迎える三日前だった。

遺体安置所は思ったより狭かった。のっぺりと重い灰色の壁は窓の外の青空を拒絶し、うるさい蝉の声すら聞こえない。そのせいか部屋の中央の木棺が目立つ。縦長の箱に観音扉が一つ。３Ｄ映像みたいに現実味がなかった。本当に、この下に博がいるのか。

「損傷が激しいですのでご覧になるのは……」確認しようと足を踏み出す俺を注意する検視官を「大丈夫です。俺は父親ですから」と手で払う。もしかしたら同姓同名の別人かも、とずっと言い聞かせていた妻が、横で膝から崩れ落ちていく。その薄い肩を必死で抱えた。

今日の明け方、博は次の営業所へと向かう途中だったと警察から知らされた。国道に設置された防犯カメラと奇跡的に無事だったドライブレコーダーを再生したところ、他の車はおろか何も映っていなかったらしい。出庫前のヘルスチェックも問題なく、過労の可能性も無し。つまり、ただの不注意による自損事故だ。

人を巻き込まずに済んで良かった、もしもこれが昼間の渋滞だったとしたら。安堵した途端、心がささくれ立った。

「……だからあれほど言ったのに、トラック運転手になんかなりやがって！」

棺桶に掴《つか》みかかった瞬間、チクリと手に痛みが走った。親指に目を凝《こ》らすと血が滲《にじ》んでいた。トゲだ。見えないトゲが棺桶の表面から俺の両手を跳ね返してくる。

「俺に反抗する気か！　この親不孝者が！　俺に歯向かって家出しやがって！」

「お父さん、やめて、お願い……！　博が、博がかわいそう……」

妻に抱き止められていた俺は、止まらない震えをただ、握りしめるしかなかった。

博は一人っ子のせいか物静かな子供だった。幼い頃から無言でタブレットに映る乗り物のハンドルを夢中に回してばかり。消防車にパトカー、ダンプカー、そしてトラック。

「パパはゲームの方が好きだったな、シューティング上手かったんだぞ。一緒にやるか？」

ふるふると小さな頭を横に振る。覇気が足りないなと疑ったが大きくなれば変わるだろう、と楽観視していた。だが、小学校高学年になった頃、寝室で妻が声を澱《よど》ませ「今日担任の先生から、博くんは他の子より内向的ですねって言われちゃったの」と零《こぼ》した。

「何だよそれ。そりゃあ確かに大人しいけど、まさかクラスでいじめられていないよな？」

「ううん、そうじゃないけど……、自分から友達に話しかけようとしないらしくて」

その一言が俺の頭を殴った。世間では信じられない勢いで大半の仕事にＡＩが導入され、失業者が増加していた。生き残るにはコミュニケーション力は生命線、社会性が無いなんてこの先やっていけるわけがない。すぐに俺は博を運動部に入れ、人の上に立てるよう役職に就くよう命じた。甲斐あって博は抵抗せず勉強と両立し、学歴として申し分ない大学に入学。父親として精一杯尽くした、と満足した矢先だった。

「大型免許を取ってきた。俺、トラック運転手になるよ。ずっと夢だったんだ」

「……何をつまらん冗談言ってるんだ？　一流企業の内定取れていただろう、あれは」

「断った」無碍《むげ》に返された。いつもは無口なくせに、2024年に長時間労働が緩和されただの、自動運転車の事故の多発でやはり人の運転が必要なことなど、くどくど説明された。俺は胸を搔《か》きむしられる想いがして言い放った。

「折角、俺が大学まで出してやったって言うのに……」

するると雄弁《ゆうべん》な口がぴくりと閉じられ、細めた両目で静かに俺を見降ろしてきた。

「そうやっていつも自分のことしか考えていないよな、父さんは」

逆撫でするようなざらりとした視線。俺は博を殴り、殴り返された。泣く妻に何か告げ、博は家を飛び出していった。それから六年、骨になって戻ってきやがった。最低の息子だ。

検視から二日後、妻は俺の知らぬ間に葬儀屋を手配していた。

「あなた、お願いですから最期のお別れくらい」と涙目でせがむ妻を無視し、昔から好きだったアクション映画をパノラマジックの３６０度モードで観ていたが、ちっとも面白くない。やっとエンドロールに差し掛かった時、チャイムが鳴った。仕方なくモニターを玄関先カメラに切り替えると銀色が飛び込んできた。頭だ。博より少し年上か、人形みたいな男が画面越しにホログラム名刺を提示してくる。

「坂本《さかもと》様のお宅でしょうか。故人である博様から遺言を承り、お伺いしました」

「ふん、保険屋か？　アクセルを踏み間違えたあいつの自業自得だよ。馬鹿息子が」

「お仕事柄か死亡事故された場合に備え、鑑賞者にご両親様をご希望されていたようです」

淡々と説明する姿が死神を連想させる。冷房のせいじゃなく鳥肌が立ち、モニターを消そうとすると「息子が私達の名前を？」勢いよく妻が遮《さえぎ》る。男は神妙な顔で頷《うなず》いた。

「実は、防犯カメラの記録に少し気になるもの……何かロゴが入った破片が映っているのを発見しました。本当に自損事故か、博さんの最後の景色に遺されているかも知れません」


小さな葬儀場の壁に投影されたスクリーンにハンドルを握る手が現れる。大きい手だ。日焼けした指先にささくれが目立ち、半袖から伸びた腕は筋肉が盛り上がり働く男らしさが滲み出ていた。ミニカーを夢中で操るクリームパンみたいな手とは似ても似つかない。

どんなトリックなのか、本当にこれが博の視界なのか信じようもなかったが、泣き喚《わめ》く妻を納得させるには仕方無かった。

薄墨に染まる夜明け前の空の下、飛ぶように流れていくアスファルトの道路をぼんやり眺め、ふと気付く。……どう見ても安全運転だ。

次第に白み始める空を臨むフロントガラスの上の方、四角い影が揺れるのを妻が指さす。

「お父さん、これ！　昔、博に買ってあげたキーホルダーよね!?」

逆光で分からなかったが緑色の四角いプラスチックには車輪が付いていた。ミニカーのキーホルダーがバックミラーに繋がれている。土産物屋《みやげものや》に並ぶような安物には見覚えあるロゴマーク。何のマークだ？　そう言えば、男もロゴの破片が何とか言っていたような。

「このあと三十秒後です。ご覚悟は、宜しいですか」

男の落ち着き払った注意に妻の肩がびくんと波打つのが伝わる。同時に、前方右側に並木道が現れた。……この道を俺も知っている？　頼りない記憶を辿《たど》ると樹々の天辺で何かがキラリと光り、朝陽を浴びる丸いシルエットに一気に焦点が絞られていく。

観覧車だ。

円の中心には、キーホルダーのトラック側面の印字と同じロゴマークが。

「そんなに好きなら、本当に運転出来るところに連れてってやろうか？」

昔、博を連れて行った遊園地だった。俺の肉眼とスクリーンの博の視界がシンクロする。博をゴーカートに乗せた帰り道、疲れて運転する俺に助手席から「パパ、ありがとう」と声をかけられたのはいつだった？　いつから博を連れていかなくなったんだっけ……？

懐かしい景色に包まれる俺は、左上空から迫る鳥のような影に気付くのに数秒遅れた。青空がひび割れる。叫ぶ妻の指が肩にめりこむ痛みも感じない程《ほど》の衝撃。一瞬で消えたフロントガラスに、剥き出しの朝焼け空が黒く点滅していく。

観覧車は動かない。映画のエンドロールみたいに徐々に暗くなる画面の片隅、ドローンの破片が散らばっていた。そこには機体のロゴマークらしき欠片《かけら》が。

「……防犯カメラもドライブレコーダーも、何者かにデータを差し替えられていますね」

死神みたいな男が低く呟いた。それまで見たことないほど顔を歪めて。

火葬を終えると太陽は西に傾いていた。骨壷を大事そうに抱える妻の姿に、出産退院日が甦《よみがえ》る。白いおくるみに包まれた博を抱く妻を同じように隣で見ていた。あまり泣かない博を心配して豆粒ほどの真っ赤な手を触ると、思ったより強く握り返された。少ない収入で妻と博を養えるのか不安だった俺は「それぐらいじゃないとな」と、跳ね返してくる力が嬉しかった。俺の指先はささくれ、静かに震えている、怒りのせいか、それとも。

夕闇に濡れる住宅街を歩くと、家の前に立っていた人影がこちらを振り返った。

「お届け物です。本日ご指定なので間に合ってよかったです」と宅配業者は安心したように小包を渡してきた。律儀だな、と差出人を見た時どこかの軒先で風鈴が鳴り、首を伝う汗がひやりと冷たい。慌てて箱を空けると、ひらりと白いものが玄関前で落ちた。

〈父さん、還暦おめでとう　博〉

拾い上げたメッセージカードをくしゃくしゃに握り潰すと、俺は両膝から崩れ落ちた。肩に妻の温もりを感じながら、チクリと刺すような痛みに拳《こぶし》を開いた。真新しい紙で切ったのか親指にうっすら赤く血が滲んでいる。

「……こんな形で家に帰ってきやがって……、許さないぞ、博」

握りしめたメッセージカードはぐちゃぐちゃに涙で濡れていた。

5　アロマじかけの救世主《メサイア》

「お見せしたいものがあるんですよ、あなただけ特別に」

押し売り文句テンプレそのままに男は告げた。画面のこちら側で俺は眉をしかめる。ホログラムの男が真っ黒だからだ。スーツも、顔半分を隠すマスクも、その隙間から見える褐色の肌も黒い。引き締まった体は甲虫類を思わせ、キューブから浮かび上がる像は俺の部屋の隅の闇と一体化している。そのくせ瞳は澄んで不穏なアンバランスに興味がわいた。

「自分から名乗らない無礼は敢えてですよね？　わざとストレスを与えて私に興味を」

「これは失礼、杉浦《すぎうら》社長。うっかりしていました。私、こういう者です」

本当に忘れていたのかも怪しい。不快な物言いで俺を挑発する気だろうがその手に乗る気はない。愉快なほど不躾《ぶしつけ》な黒い男のデジタル名刺に目を遣る。〈スクリーン・オブ・ライフ〉？　聞いたこともない。男の氏名は見当たらず、無駄は全て消しゴムで排除したような白い背景が動き出した。喪服の人間が遺影を囲んで白々しく微笑んでいる。

「葬儀のセールスでしたか。生憎《あいにく》、相手が悪かったですね、私は両親とも健康ですから」

「それは羨ましいですねぇ。さすが人生ゲームの勝者ならではの返事だ」

「そんな嫌味を言う為にわざわざ私の個人連絡先を入手したんですか？　暇な方だな」

「いえ、まさか！　MR《複合技術》事業の第一人者としてパノラマジック社を立ち上げた杉浦社長にご体感頂きたく、ご連絡差し上げました。御社の技術を使った我々のサービスを」

七年前、俺は大学在学時にサイコロ型端末で起動できるホログラフィ技術【パノラマジック】で会社を興した。VR《仮想現実》を現実の日常生活に浸透、現に男の名刺にも使われている。SFの空想物を頭の固い研究者どもが占領していたのを市場に流通させると、SNSはじめ通信業界や映画、ゲームなど娯楽産業が喰いつき、あっという間に大衆を虜《とりこ》にさせた。

それもそうだろう。何十年も止まらない不景気と、人口の四分の一を高齢者が占めるこの国はもうずっと前から息切れしていた。誰もが、一秒でも長く空想へと逃げ場所を求めている。そこに手を差し伸べた俺は、一部で救世主と呼ばれているらしい。

「ああ、葬式で故人のエンディングムービーを流すのが流行っていますね」

外を歩けば葬式だらけ、火葬場は焼いても焼いても足りずに順番待ちも起きているらしく、我先にと独自のサービスを展開する葬儀屋が増えた。葬式バブルだ。そこでもパノラマジックの出番だ。死んだ人間が棺桶の前で話しだすなんて、遺族にはエモいことだろう。

「多死社会のおかげで潤っているんでしょうねぇ」と男の軽口に「社会貢献出来て本望です」と切り返す。男はぎらりと瞳を輝かせると「ドローン事故隠蔽」と含み笑いした。

――何で、何でこいつがそれを知っている。

「前置きが長く失礼しました。改めて人生投影式にご招待いたします。杉浦社長、中学校の元同級生の■様より、鑑賞者に指名されました」

同い年とは思えないほど、遺影の■は老人のようだった。

「全く記憶にない、って感じですねぇ。故人の顔を見ても思い出さない様子だと」

いつ隣に来たのだろう、黒い男が囁きかけてきた。葬儀場に馴染んでいるが今日はマスクを外している。露わになった整った顔はマネキンのように微動だにせず俺はつい怯んだが、動揺を見透かされたのが癪でマスクの下で咳払いし、向き直る。

「うちのパノラマジックを使用されているそうですね。そちらではいつから運用を？」

「まだ試行運転中です。幾つか実証実験はして成功していますからご安心を」

「本日の招待はお披露目ですか。自信がおありでしょうから、楽しみにしていますよ」

男はいたずらな言葉の応酬にも動じない。つまらん。おもむろに俺は葬儀場を見回した。

男に指定されたセレモニーホールは郊外のベッドタウンにあり、普段は降りない駅前で車を降りた途端鼻を両手で抑え込んだ。平日の朝だというのに、アルコールの饐《す》えた臭いと吸殻の煙たさと酸っぱい体臭、そして、老人達のにおいが容赦なく鼻孔を突き刺してきた。

――ああ、下級のにおいだ。

自分が発する悪臭を気にもせず各々のパノラマジックを起動させ、ホログラムの犬を散歩する奴やアバターの女を恥ずかしげもなく連れて歩いている。貧乏が感染《うつ》りそうでマスクをし、会場へ速足で向かった。会場は外に比べていくらかマシだったがマスクは外さずに焼香に並んだ。同級生と聞かされていたものの見知った顔はおろか、弔問客は俺一人のようだった。喪主の父親は■をそのまま老け込ませたじいさんで母親や親戚全員が不幸を顔に貼り付けていた。祭壇周りの供花は使いまわしの造花だとひと目で分かる。貧乏くさくて堪らない。――こんな街、二度と戻って来たくなかったのに。

「これより■様の人生投影式を始めます。まずは鑑賞者様をご紹介します。杉浦様、前へ」

　マスクの下で欠伸している隙を突くように名指しされた。本物か怪しい坊主の説教に舟を漕いでいた俺を叩き起こした。祭壇の隅に立つ黒い男のアナウンスに、その場にいた喪服姿が一斉に俺の方を向く。３６０度全方位、親族から注がれる視線は生気が無く、まるでホログラムのゾンビに囲まれたみたいでゾクリとする。……いつも大衆から注目を浴びる俺が、なんで怯まなきゃいけないんだ。俺は立ち上がり、黒い男の横でマスクを外す。

「ご紹介に預かりました、杉浦です」

　口を開いた途端、むわり、と煙むたさが漂った。線香だ。街中を覆うあの臭さが消えていいと思ったが、辛気臭さに鼻が潰《つぶ》れそうになる。ぐっと堪えて、俺は続ける。

「ええと……今回の放映式で我が社の技術を利用されているそうで楽しみに伺いました」

「人生投影式ですよ。それにこの場で、楽しみ、とはさすがの余裕ですねぇ、杉浦社長は」

しまった。いつも通りスピーチしてしまった。失言を取り繕うとすると、

「投影者の■様とはご友人で？」と黒い男が流れを変えてくる。助かった。

「――はい、こんなに早く旅立ってしまって正直ショックで……お悔やみ申し上げます」

「そうでしたか。生前の■さんはパノラマジックに夢中だったそうで、是非とも、鑑賞者には同級生で救世主である杉浦社長をとお選びになられました、式を持ちかけた際に」

出まかせを語る俺になぜか黒い男は目元を緩ませる。黒い箱型のスイッチらしきものを押すと、遺影の上にスクリーンが白く浮かび上がった。ところが画面は一向に動かない。

故障か、と横を見たと同時に、むわり、と生臭さが立ち上る。しまった、とポケットからマスクを探ろうとすると両脇から羽交い絞めされる。遺族席にいた中年の男二人だ。

「何をするっ！」と吠える一撃も虚しく固い塊を咥えさせられ、鼻だけ無防備に晒された。二人だけでなく親族全員、軍事防衛ゲーム《ミリタリーシミュレーション》のプレイみたいに防毒マスクを付けている。骸骨のように痩《や》せた[redacted]の父親の足元に跪《ひざまず》かされた。死んだ魚の目に見下ろされた瞬間、形容しがたいにおいが立ち込めた。……臭い！　何だこのにおいは！

下水か便所か、残飯を数日間放置したような悪臭が遠慮なく鼻の穴に侵入してくる。

「何だぁ、ここ？　老人臭ぇなぁ、こいつのにおいじゃねぇの？」

腐敗臭と甲高い少年の声を頭に浴びる。虫食いのように浮かぶスクリーンの黒い斑点がホログラムの像を結んで正体を現した。頭部だ。短く刈り揃えた前髪の下は赤く滲むニキビの肌。中学の時の学ランかと分かった瞬間、鼻息荒くしたガキと目が合った。

――俺だ。ガキの俺が、俺を、見下ろしている。

「牛乳でにおい消してやるよ。好きだろ？　え、何だよ。もっと欲しいって？」

ばしゃり、スクリーンが曇ると一層強烈なにおいに襲われる。臭い！　この野郎、やめろ！　抗うたびに、俺が愉快そうに唾を吐きかけてくる。生温《なまぬる》く酸っぱいにおいに嘔吐《えづ》きながら、給食の牛乳瓶に詰めた泥水をかけられたのだと分かる。脳天まで切り裂くように臭いとともに、ゆるやかに記憶が戻る。……そう言えば、中二のクラスに優等生ぶったウザい奴がいたっけ。点数稼ぎか知らねぇが、地元のジジイやババアのボランティアなんかしてる奴だ。うちの親が必死で稼いでも税金で絞り

とられるっていうのに、こいつは年金を喰い尽くす社会のゴミを調子に乗らせやがって、と目を付けたような。名前は何だっけ、

「ぁあ？　何言ってんのか分かんねぇな？」

腹に一撃。スクリーンの俺がミュージカル俳優みたいに歌いながら蹴りを入れてくる。んん、と唸り声しか出ない。猿轡《さるぐつわ》に絡《から》む涎《よだれ》に、俺にかけられた唾《つば》が混ざっていく。俺を囲む防毒マスクを睨み上げると、その中央、黒い男は顔を晒して笑った。

「嗅覚って不思議ですよねぇ。におい分子が大脳辺縁系へ送信する信号の速度は、痛みを感受する速さの四倍だそうですよ。殴られた激痛より速いって凄《すご》いですよねぇ」

何なんだよ、これ！　お前、俺に一体何をした!?　頭がおかしくなりそうだ。

「我々はアロマテラピーとは違う癒し効果を目指しています。……あ、でも嗅覚再現はうちの独自技術ですからご了承を。前みたいに技術を盗まれたら困りますからねぇ」

――この野郎、何で、何でそれも知ってる、どうやって嗅ぎまわった。

睨み返すが黒い男は動じない。……そうだ、事業拡張の為に俺は何でもしてきた。この貧乏臭い街を抜け出す為なら何でも。

「被害を受けて以降、■さんは牛乳のにおいだけで体調を崩すようになったようです。後遺症で就職もままならず保護を受け、何とか生活してきたそうです。社会復帰に向け、一念発起した■さんは、ホログラムによる架空コミューンで他者対話の練習を始めて、やっと自信がついてきた。ところがそのホログラムサービスが、自分をいじめた相手の会社と知ってこのような最後を……そうですよね、ご遺族様？」

ひっ、と俺は叫んだ。睥睨《へいげい》する全員が学ラン姿の■に変わっていた。……いや、違う。全員の指に見慣れたロゴ付のキューブ端末が嵌《は》められている。俺を囲む■達は、親族が映し出したパノラマジックのホログラムだ。スクリーンからの悪臭は止まらない。

――ああ。これは、死の匂いだ。

「お陰様で証明出来ました。いじめた側は相手の名前すら覚えていないこと、記録は消せても記憶は消せないことがね。社会貢献に一役買うなんて、さすが時代の救世主ですねぇ」

次の瞬間、鼻孔を引き裂くような痛みが走った。ホログラムの俺が俺の腹を蹴り上げるとけたたましい哄笑《こうしょう》が遠ざかり、視界が強制終了で暗転していく。死神のシルエットが暗闇へと霞んでいくのに、死のにおいだけは俺を捕らえて離さなかった。

6

風のない朝に、妻は

国内の行方不明者数増加のニュースに慣れた矢先、妻がいなくなった。

〈野原《のはら》様　急なご連絡で失礼します。【二十二世紀スフィア】の西門《さいもん》と申します。こちらの施設で充子《みつこ》さんをお預かりしております為、ご連絡差し上げました〉

俺より一回り年下だろう四十代後半の女性が顔に不安を貼り付けている。わざわざホログラム通信モードで連絡してくる律義さに、慌てて自分も動画モードに切り替えた。

「お待たせしました、野原です。……あの、妻がそちらに預かられているんですか？」

「どうやら道に迷われたようでしたのでお声がけしました。ご無事ですのでご安心下さい」

ざわり。胸に吹き抜ける風に突き動かされ、俺は玄関を飛び出した。

いつから妻とすれ違っていたのだろう。思えば昨年から違和感があった。五年前のお袋に続き、八十八歳で親父が他界した。「故人様が喜びますから」とメモリアルフィルムだの葬儀屋のしつこい勧誘を必死で断って簡素な式を終えたが、墓に遺産相続と一粒種の俺は泣く暇もろくになかった一方、妻は沈むようになった。ある晩帰宅するとリビングは真っ暗、残業かな、と視線を落とすと部屋の隅で妻が蹲《うずくま》って泣いている。「どうした⁉」

返事はない。「夕食は?」と聞けば「炊キ立テヲ用意シマス」とロボット炊飯器の明るい声がキッチンに響いた。無理もなかった、最後まで親父と一緒に過ごしたのは妻だった。

「健《けん》、お前の世話にはならないから安心しろ」と最初こそ親父は強気だったが、どこのホームもパンク、行政の介護ロボットの貸出《レンタル》を待ちながら自宅生活を余儀なくされた。早くに両親を亡くした妻は嫌な顔ひとつせず介護を引き受けてくれた。パートの勤務日数が減るのも「食費を削ればダイエットになるね」と笑いながら。暗闇に縮《ちぢ》こまる背中を見つめ、俺は飯を用意するようになったが、手付かずのまま食卓で冷えていくばかりだった。

ある日の出勤前、玄関のドアを開けた俺の横で妻が靴を途中まで履いた状態で固まった。

「……ねぇ、職場って、どうやって行くんだったっけ？」

朝から冗談やめろよと一笑に付したが本人は大真面目に繰り返す。嫌なら休めば、とあやして改札で別れると、昼過ぎに妻の上司という若い女性から俺宛てに電話があった。

「今日で野原さんの遅刻二十回です。連絡しても一切出ませんし、出勤しても謝りもせず何事もなかったような態度で、正直、職場の雰囲気が悪くなって困るんですが」

まさか本当に出勤出来ていなかったなんて。苛立《いらだ》ちを隠しもせず畳みかける年下上司に訳も分からぬまま平謝りすると、「老害」と吐き捨て一方的に電話を切られた。

その晩、事情を訊いたが「ちゃんと出勤しているわよ」と妻は一切認めない。「私はきちんと申請しているもの」「申請って何のだよ？」「だからちゃんと行っている

ってば！」と埒《らち》が明かない。そのまま俺を無視して部屋を出て行こうとするので腕を掴むと、

「痛い！」

今まで聞いたことのないヒステリックな悲鳴だった。反射的に力を緩めた瞬間、するりと抜けて部屋の隅へと逃げられた。ところが翌朝には「ごめんなさい、ごめんなさい」と執拗《しつよう》に頭を下げられ、大丈夫だからと肩を抱こうとすれば怯えるように身を縮める。次第に俺と顔を合わせるのを避け始めた。暗闇で蹲る背中を見る度に冷たい風が吹き抜けていき、心が乾いていく。何が何だか分からなかった。

——私達は一緒に楽しい老後を過ごそうね。

結婚当時に約束した妻はどこに行ったのか。暗い部屋は返事しない。胸で逆巻く風を抱えて眠れない夜を俺は重ねた。そして今朝目を覚ますとシーツの隣側は冷たくなっていた。

長時間電車に揺られ、【二十二世紀スフィア駅】に到着した。周辺地図に合わせ流《りゅう》暢《ちょう》に案内する3Dコンシェルジュのいる改札を抜けると、黄金色の大通りが広がっていた。青空の下の果樹園、遠くで白い柱にプロペラのいくつも回っているのは風力発電機か、梨の名産地を再開発したニュータウンと聞いてはいたが想像以上で圧倒されていると「野原さんですか?」と声を掛けられた。「西門さん、この度は妻がご迷惑を」頭を下げる前に「申し訳ございません!」と反対に深く腰を折られた。

「実は、先ほど充子さんが施設からいなくなりました……こちらが目を離したばかりに、今、施設全員で捜索しています!」

保護先でも失踪するなんて。返事に窮していると、「西門さん」と声がして振り返ってぎょっとした。銀髪に黒スーツ、喪服売り場のマネキンみたいな男が立っていた。

「野原さん、こちら室屋《むろや》さんです。彼が充子さんをうちに連れてきてくれたんです」

「……そうでしたか! この度はうちの妻がご迷惑かけて……何と御礼言ったらい

いか」

「御礼にはまだ早いです。奥様は近くにいるはずです、必ず見つけましょう」

力強い返事だった。陽射しの中で人形と見間違えた白い微笑みはとても温かかった。

人感センサー付きドローンが上空を飛び、近隣の交通機関へ一斉連絡、同時に有志で住民が捜索に当たってくれることになった。恐縮すると「お互い様ですから」と若い女性に励まされた。ふと、連日の行方不明者増のニュースが頭に浮かぶ——もしこれが家の近所なら同じように妻を探してくれるだろうか、少なくとも俺はずっと他人事だと思っていた。西門さんを先頭に懸命に進んでいく背中を追いかける。凪いだ林道を走り抜ける俺の両目に、梢《こずえ》でゆれる梨の黄金色が滲んだ。太陽がなだらかな地平線に隠れた頃、妻は見つかった。施設から数キロ先の湖の畔、小さな体は冷たく玄関で固まったように動かなかった。

事件の可能性は無く、転落死と警察に伝えられた。遺書は見つからなかった。二日ぶりに帰宅した俺を待っていたのはやっぱり真っ暗な部屋だった。葬儀準備には慣れたはずなのに頭が働かない。不思議と胸は凪いでいる。すると目を覚ますように着信が入った。

「私が、もっと早く充子さんが居なくなったことに気付いていれば」西門さんの涙から責任感が伝わり、「ご自分を責めないで下さい」と止めながらふと疑問が沸いた。あの湖は二十二世紀スフィアの敷地内だった。あの日、妻はどこに行こうとしたのだろう。

「……あの、そちらはどういった施設なんですか」

「AIと新技術による新世紀のコミュニティ、私達は圏《スフィア》と呼んでいます」と涙声で教えてくれた。地元産業の保全と研究開発バックアップをしながら住民の幸福度向上を目指す地域創生で、世帯や年齢など問わず居住者を受け入れている。新世紀と特産品の梨の銘柄を掛けて二十二世紀と命名されたが「次の百年はどうするつもりなんでしょうね」と自ら突っ込むと、はにかむ西門さんのホログラムの目尻が光る。冗談を飛ばす柔《やわ》らかな強さに昔の妻が重なる。思わず俺も笑うと西門さんが静かに告げた。「大事なご報告です。生前に充子さんから、人生投影式の依頼があったと室屋から報告がありました」

翌日、スフィア内の狭い斎場で俺は妻と向かい合っていた。今日も妻は黙ったままだ。

人生投影式に最初こそ警戒したが投影モニターが妻の希望だったと分かり、同時に葬儀も行うことに決めた。疑問が尽きぬまま二度目の訪問、太陽光パネルの屋根を冠したセンターの入口で俺を待っていたのは年齢も性別もばらばらの喪服姿、捜索に協力してくれた住民達だった。じわりとみぞおちが熱くなる。何度も礼をすると梨畑から金風が俺の頭をゆっくり撫でた。

式手配等を手伝ってくれた西門さんに感謝を述べ、祭壇の前で待っていると「準備に入ります」と聞き覚えのある声がして振り返る。室屋さんだ。今日も人形のように細い、だが髪は銀色ではなく黒く染められ、肌は焼けている。褐色の腕が妻の棺《ひつぎ》を開きかけた瞬間、俺は意を決した。「……こちらにお世話になった時の妻の様子を教えてくれませんか」

上目遣いで見返す大きな双眸《そうぼう》が鋭く光る。思わず怯《ひる》むとゆっくり微笑み返された。

「そうですねぇ、最初はここがどこか分からなかったようで『早く行かなきゃ』と慌てていました。徐々に落ち着かれてからお話を伺いまして、人生投影式の話を私からすると『完全に分からなくなる前にお願いしたい』と希望されまして」

完全に分からなくなる？　それに、早く行かないと、ってどこに行こうとしていた？

「詳《くわ》しくはご本人にしか分かりません。確実なのは、夫の野原様を投影者に選んだこと、そして覚悟されていたこと。式だけではなく当施設の入居問い合わせもしていましたねぇ」

入居って何の、と言いかけるのをドアの開閉音が遮《さえぎ》った。西門さんが僧侶を案内してきたので急いで喪主席に戻ると「奥様の御意思を見守りましょう」と告げられた。その声にざわり、と胸の底でゆっくりと風が波立つのを感じながら。

スクリーンに年季の入ったロボット炊飯器が浮かび上がり、紛れもなく自宅だと分かった。二十五年間妻と暮らした家は天井がやけに高い。部屋の隅の闇に吸い込まれそうだ。不安の風が強まる中、蹲って見上げている視界なのかと理解した時、玄関から人影が現れた。俺が帰って来たのか、と鮮明になっていく人物像に言葉を失った。大きな影は近付いてくると「生意気な年下の上司に謝ったのは俺なんだぞ！」と怒鳴る。俺の声だった。職場の遅刻を問い詰めた夜だ。それなのに、何故か俺の姿は昔の親父の顔をしている。

何で、何で、俺と同じ年頃の親父が映っているんだ⁉

すると突然スクリーンの俺が腕を伸ばし、思わず跳ね上がった。こんな強く握ったつもりはなかったのに。その激痛に胸に強い風が吹き荒《すさ》ぶ。嵐だ。

「ごめんなさい」と漏らす妻の声はか弱く、嵐に打ち消される。俺か親父か、もう区別が付かない。毎朝鏡に映る俺の顔と親父の顔とが重なり合って輪郭がぶれていく景色に、そう言えば俺が結婚した頃の親父は今の俺と同い年くらいだったと思い出した。

妻と出会ったのはお互い三十七歳の時だった。就職氷河期で社会人になった俺は、七年契約更新した会社で何とか正社員に昇級したものの、増えたのは収入ではなく仕事量と理不尽な責任だけだった。どこにも苛立ちをぶつけられなかった。親父の世代が息をするように享受していた人生イベントは俺に無関係だと悟った矢先、派遣契約を繰り返して何とか生活していた妻と出会った。諦めることを柔らかく笑い飛ばす姿に、もう一人の自分を重ねていた。身内だけの結婚式を挙げるとお袋は何も言わず喜び、親父は「やっと孫の顔が見られる」と呟いた。やっと俺の中で荒れ狂う風は止んでいた。

その頃の親父と俺を混同するなんて、妻は記憶までおかしくなっていたんだろうか。

動揺していると視界の隅で何かが銀色に光った。一礼する銀髪の男が祭壇へと足早に近づいてくる。スクリーンの下には開始前に説明した黒髪がいる。どちらも室屋さんだ。銀髪と黒髪と人形みたいに同じ顔が二つ重なる。――俺の目がおかしくなったのか？

すると、スクリーンから「これから長い老後を健と過ごすんだね」とベッドで譫言《うわごと》を繰り返す親父の声に顔を上げる。顔は今の俺のまま書割のように風景だけ実家に塗り替わる。

「でも健と充子さんは、こうして子供に看取って貰えないのか、可哀想になぁ」

悪意のない憐れみに俺の内側で暴れる嵐がぴたりと止んだ。違和感がすっと消えていく。

――なんだ。あの日、妻はいつものようにクリニックに行こうとしていたのか。

不妊治療をやめたのは四十歳。シフト制の職場で働いていた妻は遅番を希望し、午前中クリニックに三年間通い続けたが願いは実らなかった。それでも「評判良い病院があるの。湖の近くでリラックスして治療出来るって」と縋《すが》る妻にわき上がった落胆が風のない胸に甦《よみがえ》る。多くを望まない妻が好きだったのに。「そんな金無いだろ、俺達には」

平坦に答える俺に妻は反論せず、頷《うなず》いた。そして線を引いた、そのつもりだった。同世代の家族連れとすれ違う度、出会った頃と同じ柔らかさで笑い、妻は繰り返した。

――私達は、長い老後を楽しく過ごそうね。

それが二人の合言葉だった。政府の少子化対策が漸《ようや》く充実しはじめた頃、俺達はもう年老いていた。いたとしたら子供と同い年頃の上司に煙たがられても、介護で勤務日を減らされても平気な顔でパートを続け、最期まで意識を保ったまま親父を旅立たせてくれた。

連日、外出したきり行方不明になる高齢者が増えるニュースに誰も何も感じなくなっていた。——俺もだった。

妻がいなくなったあの朝、どうせ帰ってくるだろうと俺はすぐに探そうとしなかった。それなのに妻は、自分の施設入居や俺の為にこんな準備までしていたなんて。

「……何でいつも黙ってばかりなんだよ！　何で言ってくれなかったんだよ、充子！」

風が叫ぶと、俺宛てか、それとも親父宛てなのか分からない言葉が返ってくる。

そうだ、謝るのは俺の方なのに。

荒れ果てた胸を柔らかく撫でる。慌ててその細い腕を掴んだが、充子の声はするりと俺を通り抜け、暗い部屋の隅へと消えていった。

7

凍るような温もりの記憶

もしも、昔好きだった人に人生投影式を遺すならどの思い出を選ぶだろう。想像してすぐ打ち消した。死んだ後に連絡が来るなんて迷惑に決まっている、と詰る一方で別の自分が囁《ささや》いた。……もしも、相手が人生投影式で自分を選んでくれたら？

研究室へ向かう通路、会議室から激しい会話が耳に飛び込んできた。

「鑑賞する野原《のはら》さんの気持ちも考えるべきだった。何故、充子《みつこ》さんに式を勧めたんだ！」

「俺は紹介しただけで選んだのは故人だよ。未練残さずに遺せて良かったじゃないか」

「……兄さんは、冷たすぎる」

あのテツ君がダイ君に反論するなんて。保護役になってから初めて見た。普段、穏やかさを一ミリも崩さない高い鼻梁が白い肌に影を落としている。二歳しか離れていないからか端正な顔立ちはそっくりなのに、式以外は研究室に籠りがちなテツ君に対し、ダイ君は正反対だ。焼けた肌は余裕を着ているみたいで、正直、今の彼は少しだけ苦手だ。

「西門《さいもん》さんはどう思います？」音を立てぬように立ち去ろうとする私の背中を朗らかなのに鋭いダイ君の声が刺した。降伏して会議室に入ると対角線上に座る二人の間に腰かけた。

「野原さんの辛いお気持ち、お察しするわ。……でも、長年連れ添ったご夫婦だからこそ充子さんは本音を伝えられなかったのかも知れない。独身の私が言うと説得力ないけど」

自虐的に返すと、二人がシンクロして眉間を緩める。やっぱり兄弟だ。

「そもそも人生投影式は心を癒すように設計され、投影者は【human-sphere《ヒューマンスフィア》　システム】で抽出された最適者で、本人の意志確認《インフォームドコンセント》を取っている。一方、鑑賞者には拒否権を与えた上で実行しているのよね？　実際、式後の鑑賞者の脳波にプラスの影響が出ている」

「……はい。ありの実園の梨、一層好評だそうです。利根《とね》さんの管理権を受遺《じゅい》されてから」

温厚さを戻したテツ君の視線が窓辺へ移る。秋空の下で映える金色の実が眩《まぶ》しい。移住前は他者を拒絶していた彼女が率先して充子さんを捜索する姿には驚いた。それはやはり鑑賞経験ゆえだろう。【二十二世紀スフィア計画】にあたり広大な敷地を提供した好々爺《こうこうや》然とした笑顔が懐かしい。園内で利根さんと高宮《たかみや》先生が散歩する姿をよく見かけた。

「ほら、西門さんも同じ意見だ。テツ、俺の言うことを聞いていれば大丈夫だ」兄らしい口振りに銀髪の頭が頷《うなず》く。大人しく従うと「あと数名で臨床データも充分です」と意気揚々なダイ君に、高宮先生が見たらどう思うのかしら、という思いが頭を掠《かす》める。高宮先生の発案だった人生投影式を二人が引き継いだ。厳密には、テツ君だけが。

二十年前、駆け出しの脳神経科学者の私は高宮先生の助手として赴任した。研究成果を社会還元しないと無意味、が口癖の先生は近未来技術実証特区《きんみらいぎじゅつじっしょうとっく》計画に参加、人の感情を脳機能解析してサポートするまでは良かった。あろうことか私を実地リーダーに任命した。

「保育所に就職した覚えはないですが」

「眉間に皺寄せてデータを睨むより本物の心に触れられるんじゃないかな。見えない心の苦しみを救いたいと西門さんの志望動機にあったのは俺の記憶違いかな？」

当時、未曾有のパンデミックと社会を覆うＳＮＳの陰《かげ》で若い犠牲者が溢《あふ》れ、研究棟に隣接する保護施設で、未婚でアラサーの私は子沢山の母親の気分を味わった。

実際に子供達との交流は発見ばかり、閉ざされた瞳に温もりが灯っていく瞬間には何度も目頭が熱くなった。施設退所後は挨拶に来る子も多い。過去でなく今を生きている姿に、エントランスで笑顔で手を振って見送る度《たび》、自分だけ置いていかれたような寂しさに目を瞑《つむ》りながら。

「西門さん。実は、次の人生投影式が決まりました。決まったのですが……」

先日と同じ通路で呼び止められ振り返る。今日はテツ君だけ、白い顔は一層曇っている。

「テツ君、大丈夫？　最近よく悩んでいるみたい。私で良ければ話聞くわ」

「僕は大丈夫です」と頭を振る。昔から他人を優先する子だ。急《せ》かさぬよう待っていると覚悟を決めたテツ君はキューブ端末を開き、廊下の壁に中年男のホログラムを投影した。

「次の投影者の名前は伊坂龍一《いさかりゅういち》、交通事故死です。そして鑑賞者は……西門さん、です」

まるで通路ごと昔に戻ったみたい、私の目の前に彼がいる。無意識に私は呼んでいた。

「……ガル」

毎日飽きるほどここで呼んだ、好きだった人の名前を。

七年前の夏も終わりに近い日、センターの玄関前でガルは倒れていた。一口齧《かじ》られた青い実を握って眠る姿はお伽話の巨人のようだった。医務室で目覚めると同時に豪快に彼のお腹の虫が鳴き、険しい眉を弛《ゆる》め、今にも牙を剥《む》きそうな口を閉ざし赤面した。こっちは熟しているからどうぞ、と私が差し出す梨ゼリーをおそるおそる口にする。子供と変わらない。ただ一つ違うのは、彼は一切の記憶を失っていた。検査で日常生活機能には支障無いと分かると、すぐに高宮先生に相談して決めた。

「思い出すまでここに居ればいいわ」

「そんな……、迷惑じゃないですか。それに俺は大人でただの大飯食らいだし……」

「大丈夫。三食分の仕事はいくらでもあるし、お隣の梨畑も労働力大歓迎なの」

実際、行く場所を失くした人達の受け入れも開始していた。私の助手役を任せるとガルの強面《こわもて》に泣き喚《わめ》く子まで現れ、もっと笑顔で、と注意すると「これが全力の笑顔なんだ」と頬を必死に上げた。おかしかった。大きな背中を丸めて子供達に囲まれる姿を「村里に馴染んだ狼みたいだ」とテツ君が呟き「ガル」と呼ばれると下手くそな笑顔を見せるようになった。その笑顔が大好きだった。

けれど、スフィアの生活に慣れるばかりでガルの記憶は何一つ取り戻せていなかった。カウンセリングと検査結果の無意味さに、私は脳神経学者の矜持《きょうじ》を冷笑された気がした。

「……ごめんなさい。私、あなたの助けに何もなれていない……」

冬の足音が近づいた寒い夜、二人で研究室を片付けている最中耐えきれず頭を下げると、

「里加《りか》はいつも人のことにばかり一生懸命だね。でも、君のことは誰が支えるの？」

ガルへの言葉は半回転して私を刺した。不器用に私を抱き、囁いた。「俺じゃ駄目？」

泣き方は忘れたはずなのに。ガサガサの太い指で涙を拭《ぬぐ》われると唇がゆっくり重なった。

「里加といると、自分がどれだけ孤独だったのか分かる。ずっと一人だったから」

「……私も、研究一筋で周りから浮いていて、孤独だった。でもやっと居場所を見

つけた」

一緒に過ごす十二月は温かった。ガルの捜索願を取り消した私は多分、浮かれていた。MR《複合技術》班が開発したホログラム技術を、杉浦《すぎうら》という学生起業家に買収されて研究棟の空気が悪くなっていたのも見えないくらいに。初雪を天気予報が告げた大晦日、無人の研究棟にテツ君が血相変えて駆け込んできた。窓の外はいつの間にか雪に覆われていた。

「西門さん、早く来てください！　高宮先生が、高宮先生が!!」

白く覆われた梨の木陰、いつもの散歩道で高宮先生が泥に塗《まみ》れて息を引き取っていた。死因は脳梗塞だった。灰色の年明け、ガルは黙り込むようになった。連日の大雪が嘘のように溶けたある朝、ガルは足跡も残さずに出て行った。

パノラマジックで【human-sphere《ヒューマンスフィア》　システム】を立ち上げ、申込書を開く。サインは死亡五日前、慣れない本名を無視すると空中の画面が連動してスクロールする。

死亡場所はスフィア管轄区の山道で自動車ごと崖から転落。いつも倒れてばかりなのにもう目を覚まさないなんて。悲しみの一方で、記憶が戻って良かった、と素直な気持ちも湧《わ》いた。もしかしたら高宮先生の死がガルの記憶想起のトリガーになったのかも。無言で出て行ったのは事情があって。当時、人生投影式の話はしていた。思い出してくれたんだと、嬉しさと同時に違和感を抱いた。なぜ、亡くなる直前に申し込んだの、なぜ、私を鑑賞者に選んだの……？

式執行期限、三日目。疑問は積もるばかり。私は頭の霧を晴らそうと研究棟を出た。

エントランスでガルが倒れていた七年前の景色《レイヤー》が現実に重なり、漏れそうな言葉を慌てて飲み込む。ありの実園へとのろのろ歩くと「西門さん」と黒い影が私に手を振ってくる。「高宮博士も根詰まるとよくここに散歩していましたねぇ」

心を読むような褐色の微笑みに私は泥《ぬか》るみに足を取られ、急に頭の靄《もや》を除《のぞ》きたくなった。

「ねぇ、ダイ君。どうして、昨年、突然にスフィアへ戻って来たの？」

「嫌だなぁ、テツと違って出来が悪かった俺ですがこれでも恩義を感じているんですよ？」

見返してくる薄い氷のような瞳の奥で私が私を睨んでいた。「投影者にメリットがある、と言ったのは西門さんですよ。故人が自分を特別に思っていたか知りたいのでしょう？」


式はテツ君が執行することになった。縁故者のいないガルはスフィア内で火葬される。「のけ者でさみしいなぁ」とおどけるダイ君を振り切るテツ君の後を付いて行く。黒い背中は頑なだ。先週と同じ斎場、合掌すると緊張で鼓動が早くなる。棺《ひつぎ》の中で狭そうに猫背で寝そべる遺体は、医務室の枕元で眺めた時と同じ寝顔をしていた。

「西門さん。本当に、大丈夫ですか。今からでも鑑賞拒否できます。無理しないで下さい」

心配そうなテツ君に、出会った頃は人形みたいに感情を出さなかったのに随分と大人に成長したな、と目頭が熱くなる。「ありがとう、私は大丈夫。きっと、何か伝えるために戻って来てくれたんだと思う……伊坂さんは、私に」

棺の横、黒い小箱《スイッチ》を操作するテツ君のぎこちなさにガルの不器用な姿が重なる。落ち着け、鑑賞者として受け止めなきゃ。すると目の前に曇天のような灰色が一面に広がった。

壁だ。スクリーンの境目を越えて続いている灰色は幕の内側の方が新しい。ここだ、七年前にここにいたガルの景色だ！　そこに大きな手が差し出される。ガサガサした指の感触を一日だって忘れたことはない。涙で滲むスクリーンに当時のタブレット端末が映ると、太い指は不器用とは程遠いほど素早くキーボードを打つ。その画面には〈潜入完了〉。

「高宮博士はやはり……でした。助手の女が使えそうで……さんの仰る通り簡単でした」

一体、何のこと？　混乱する私を無視して通話するガルの声は淀みない。混濁する疑問は別の声に遮られた。

「どうしたのこんな所で」

「その、迷ったんだ。ここは広いから」

「ふふ。ガルはいつも迷子ね」

甘ったるい私の声に、涙の霧は晴れていた。雪の下で埋もれる泥が流れ出すみたいに感情が溶けていく。

ガルが去った日から私の世界で時計の針は一秒も進んでいなかった。憎悪と悲嘆を天秤にかけ、なぜ置いていったの、私の何がいけなかったのと揺れ続け、それに疲れると心ごと凍らせた。やっと過去に飽きたはずなのに。

「――君を騙していた。それを謝りたかった。すまない」

今でも愛している、なんて告白をどうして期待したんだろう。遠くから呼びかけるテツ君に、悲惨過ぎるよね、と笑い返すと、懐かしいたどたどしい声が画面に重なる。

「君を騙し続けることに耐えられなかった……。でも、これだけは本当だ。……里加」

睨んだ先、見せつけるように絡め合う二人の手はうっすら赤みを帯びていた。太くてカサカサじゃない、私の記憶とは別の体温がスクリーンから流れてくる。少しずつ籠《こも》る熱は無防備な愛、そのもの。ガルの吐息で想い出の結晶が瞬《またた》く間に雪崩《なだ》れていく。

裏切られたとか許せないとかそんなことどうでもいい。ただ、ただ、ずっと、ガル。ずっと私のそばにいて欲しかった。

「伊坂龍一なんて知らない！　……私は、私は、ガルしか知らない……!!」

あなたのいない世界なんて意味ないのに。

8

良い種　悪い種

人形と見紛《みまが》う少年達は雪のように白かった。肌も、まばらに伸びる髪の毛も。

「二人共、こちらが高宮《たかみや》先生よ」西門《さいもん》さんが安心させるように明るく紹介する。ぼろぼろのマフラーを巻いた小柄な方はランドセルが重そうだ。その細い背を支えて立つのが兄だろう。弟ほど白髪は多くないが、血色悪い顔は思春期特有のエネルギーに欠けている。

「室屋《むろや》ダイ、春から中一です。今日からお世話になります、宜しくお願いします」

淀みない模範解答に、随分落ち着いているな、と目を合わせて驚いた。ナイフで切り開いて嵌《は》めたような黒目は澄んだガラスだ。俺や西門さんの像を結んだ表面には、大人にも未来にも期待しないと印されてある。一方、ぼんやりする弟に、

「小学五年生です、だろ」

即座にダイが注意し、オウム返しでお辞儀する頭頂部は白髪がより目立った。二人を部屋へ案内し戻ってきた西門さんは「闇バイト募集のダミーで」と声を潜《ひそ》める。

「兄の方か」

「いえ、テツ君の方です。初めてで不慣れだったので誘導しやすかったそうです。保護者は母親のみ。ですが、もう三か月帰宅しておらず、ダイ君が食事を用意していたところ貯金が尽きたそうで、やむを得ず……バイトに応募を」

西門さんが声を詰まらせる。クールを装いがちなこの助手は自分の慈悲深さに気付いてない。彼女は【二十二世紀スフィア計画】に賛同してくれた。先日、AIチームと隣接する地域保護施設の連携施策で、顕在化していない〈要援助〉未成年のSNSアカウント抽出を実施すると、予想を上回る数だった。

「ここから学校に通えるそうなので、母親と連絡つくまで居てもらおうかと……何ですか」

「いや、すっかり大家族母親《ビッグマザー》の貫禄付いたなぁって」

相変わらず冗談が通じない。怒らせた頼もしい背中を見送り、デスクに向き直る。マウス実験で感情と脳神経反応データを映すパソコンモニターを蛍光灯の貧弱な光が反射し、ガラスの瞳を思い出した。不足そのものを体現した兄弟人形。人類は進化を遂げているのに、未だに人の幸福を数値化できないのは何故だろう。別ウインドウで計画書を開くと、俺はその欄外に〈しあわせに共生できる空間を科学の力で〉と打ち込んだ。

季節は穏やかに進んでいく。ラボの窓を照らす太陽が少し高くなった。外から無邪気な笑い声がして見下ろすと、施設の庭で遊ぶ子供達の中央にダイを見付けた。新学期を迎えても母親は帰らず、室屋兄弟は正式に施設に保護された。もう馴染んだのかと感心した直後に気付く。散歩日和だしな、と俺は外に出て梨畑の脇道を歩く。雪に被われたように蕾《つぼみ》を膨らませた大木の下で小さな頭を見付けた。「皆と遊ばないのか?」

少し眠そうな目で、頭上で網目状に広がる枝をテツが指さす。「花を見ていました」

「ドッヂボールより植物が好きなのか。もうすぐ満開だし、花見には丁度いいな」

返事はない。小五の割に幼いのは性質か、家庭環境の影響か。児相側に何かサポート出来ないか考えを巡らしていると「花に心はないのかな」と、無防備な質問が降ってきた。

「無いだろうな」「どうして？」「植物には脳みそがないから」「脳みそってここ？」

ちらちらと白髪が飛び出ている頭を指さし「くすぐったくないのかな」と今度は枝に向ける。梢《こずえ》に芋虫がちょこんと乗っていた。やっぱり子供だな、と可愛い発想に和むと、

「花は僕や先生をどんな風に見ているのかな。その世界は、綺麗なのかな」

「……現実界のことか。シェーマＲＳＩ、確かに、人間である以上見られない世界だな」

ぼかんとしたまま俺を見返す。独《ひと》りで哲学に辿り着いた事実に、俺の胸を好奇心が全力疾走する。実際、人間の脳の新皮質《しんひしつ》コラムで受けた五感情報を元に【世界モデル】を構築する。それが各個人の現実を作っている。つまり脳科学も哲学も、不思議議と同じ道のりを歩んでいる。俺はテツをただの要援助児童ではなく、希望の欠片《かけら》として見ていた。「学校が終わったらラボに来るといい。自分の周りに不思議なこと

が沢山あるんだろう?」

知命《五十歳》間近でつい家庭教師を買って出たものの、甲斐《かい》はあった。茫洋《ぼうよう》としながら意外とテツは勉強でき、かつ、小学生らしからぬ突飛な質問を繰り出す。「学者の素質あるな」と褒めると白い頬をうっすら赤く染め、人形は照れることを覚えた。

ただ、問題もあった。提案した際に「それならお兄ちゃんも」とテツがごねたのだ。遺伝なのかダイも優秀だが、通知表で点を稼ぐテクニック的な賢さが透けている。施設での素行も悪くないらしいが、鋭い瞳は射し込む光を曲げるようにしか笑わない。

「ありがとうございます、高宮博士。とっても分かりやすいです」

「その、博士、というのは止めてくれないか? 俺はそんな柄じゃない」

博士と連呼する声変わり前の響きには、権威や力への仄《ほの》暗い意識が感じられた。

先日の臨床結果で、精神的苦痛が脳に記録されていると証明されたが、それは育っていく青い実に自ら傷付けるようなものだ。どんな風に彼等の母親が育てたのか想像したくもなかった。

「まーた、サボりかい？　先生」

青々と茂る葉のトンネルの先、ごま塩頭をタオルで拭く底抜けに明るい顔が待っていた。「利根《とね》さんは長生きしそうだから安心だ」

「それはどういう意味かい」といつもの調子に気が緩む。逞《たくま》しい腕は八十歳手前には見えない。すると木々の間から作業着の男性が現れた。「丸《まる》さん、お元気そうですね」

「先生と利根さんのお陰です。何とお礼を言っていいのか」と朝露に濡れる葉のようにしおらしく頭を下げられ、慌てて止める。今年初め、駅前で倒れていた七十代前半の男性が搬送先の病院で記憶喪失と診断された。身元証明は一切無し。施設に保護されると記憶想起の助けにとカウンセリングの同席で知り合った。健康面に支障ない為、社会交流として利根さんの手伝いを紹介したがすっかり働き者だ。丸顔なので丸さん、命名は利根さんだ。

「有難いのは丸さん、こっちだよ。亡くなった女房は子を授かれなかったし親族もやめちまった。まぁ、梨は自家不和合性で人工授粉の手間が面倒なのは分かるけどよ」

そうなのか。梨なんて勝手に実ると思っていた。畑の存続が危ういことも知らなかった。

「いつも散歩してんのに知らなかったのかい？」分厚い雲を追い払うように呵々《かか》と声を上げた。「元気に実が育つうちは面倒見るつもりだよ。これが俺の人生だからね」

ノック音の後、真新しいブレザー姿のテツが顔を出した。

「県下一位の高校の制服がよく似合うな」

「からかわないで下さい、高宮先生」

この春、テツは奨学金でダイと同じ高校に進学が決まった。室屋兄弟への養親希望は多かったがテツがダイから離れるのを何度も拒んで今に至る。俺はと言うとスフィア計画と研究で佳境を迎え、残念ながら家庭教師は廃業したがこうして息抜きに顔を合わせている。数分後またノック音がし、「高宮博士」と声で分かった。「僕も挨拶に」と顔を見せるダイは日焼けして精悍《せいかん》な青年になっていた。

「もう高三か。大学受験はどうするんだ？　君の学力なら学費免除も可能だろう」

「買い被りです、僕はテツほど賢くないので」謙虚な返事に驚いていると「高宮博士に推薦状書いて頂けるなら光栄ですけどねぇ。記憶可視化の成功、おめでとうございます」

それは偶然の産物だった。先月MR《複合技術》チームのホログラムを「脳反応コード化に役立てば」と提案され使用すると、マウスの海馬や偏桃体等の反応がうっすらスクリーンに投影された。もう聞きつけたのか、耳聡《みみざと》い。机上の資料にダイは瞳をぎらりと輝かせて言った。

「実用化したら儲かるでしょうねぇ、多死社会での需要がすごそうだ」

耳を疑った。何を言っているんだこいつは。「そんなつもりで研究してるわけじゃない」

「ああ、もしかして施設でやたら身元不明の人間を保護しているのも実験台ですか？　ネズミ相手でつまらなそうだ。本当は早く人間で試したいんでしょう？」

闇を閉じ込めたガラスの瞳に、動揺して黙る俺と目が合った。咄嗟《とっさ》に言い放っていた。

「……もうここに来ないでくれ。君とは、話をしたくない」

季節は大きな円のように、音も立てず巡っていく。

吐く息に雪の気配が残る三月、終業式から帰ったテツが血相を変えてラボに飛び込んでメモを差し出した。「弟をお願いします」。ダイが県外の国立大学合格を蹴ったと聞いたのは数週間前、部屋の荷物が全て消えていたと、震える顔は今にも消えそうだ。

「……僕には、兄さんしか身内がいません。それなのに僕を置いていなくなった……」

夏を迎えても俺の心は太陽を閉ざしていた。ふらふらと影濃い道を歩くと向こう側から「先生も一杯どうだい？」と皺だらけの笑顔。こっそり造っている梨酒の瓶を掲げた利根さんが丸さんと一緒に待っていた。「最近テツ君来ないが忙しいのかい」と問われ、くぐもった返事になる。ほろ酔いの二人が作業に戻るのを暗い木陰から見上げる。逆光で縁《ふち》取られた葉と葉の間、ピンポン玉大に膨らんだ青い実を二人は鋏《はさみ》で切り落とし始めた。

「もう摘むんですか」

「全く先生は困ったもんだね。摘果も知らなかったのかい」と呆れられた。出荷用の梨の為、他の実に栄養を与えないようにするらしい。

「……その捨てられた実は、どう思うんでしょう」

「おや、先生みたいに賢い人が珍しいね。梨に心なんてないだろうに。何かあったか？」

呵々《かか》と笑い飛ばされる。ごま塩頭はまるで偽坊主、お見通しだ。この人には適《かな》わない。

「何か文豪も言っていたっけ、サラヤシキだかアラヤシキだっけ？　人間の業《ごう》ってのはさ、良い種も悪い種どちらも心に備わっている。どちらが実るかは育て方次第じゃないかね」

いい加減な説法を丸さんが素直に頷《うなず》いている。全く適当だな、と俺はうっすら金色に波打つ梨酒を飲み干した。酔いが回ったんだろう、じんわりと胸が熱い。

記憶再現は五感まで至ったが限界があった。覚醒時は投影不可能でノンレム睡眠時はややデータが明晰だという程度。一方、二十二世紀スフィアは遂に住人を迎えたが、当初の目的を果たせないままだ。科学の力で幸せにする。誰かが見ている世界を共有したら、幾分か人は相手を理解出来ないだろうか、それとも所詮、人が生きている間には無理なのか。

「やっぱり、科学でも現実界の検証は先が長いですね」

はっとして横向くと「ラカン哲学は難しいですね」と白衣姿のテツがはにかんだ。ダイが出て行った翌年連絡があったとテツから報告を受け、胸を撫で下ろした。精気を取り戻したテツは大学卒業後、正式に俺のラボで働くようになった。前みたいな淀んだ空気は流れない。子供時代が終わったのか、と父親気分の自分に呆れる。家族を持たぬままこの年まで来たが悪くない。最近相手が出来た西門さんを茶化すのも野暮だろう。

センター棟に向かうと、談話室にいつもの顔ぶれを見付ける。「気分転換ですか?」点滴の管をツタのように絡ませた車椅子の丸さんが微笑む。昨年病巣が発見された丸さんは就籍許可申立で仮名戸籍を得るとスフィア住人として治療中だ。「先生のサボり癖はいつまで経っても直らないね」と利根さんの憎まれ口も変わらない。研究が報われない日々が癒されていると突然、丸さんがか細い声ながら断言した。

「死んだら私を使ってくれませんか、高宮先生。人体実験が必要でしょう」

何てことを言って、と反論しようとする俺に「記憶で私が誰か判明したらお二人が線香上げる時に本名を呼んで貰えるじゃないですか」冗談めいた宣言は明るさに満ち、「いい話じゃねぇか」と隣で利根さんが頷いた。

暗幕カーテンで覆われた実験室は、葬式にはあまりにも薄暗い。

余命宣告より早く丸さんは亡くなった。「一番大切な記憶を思い出そうと念じて下さい」と生前、俺は伝え続けた。脳に深く刻まれる記憶はある種トラウマに近く、トリガーさえあればフラッシュバックを活用し、喪失前の景色が浮かんでくると賭けたのだ。丸さんとの約束を果たす為に。ところがスクリーンは一向に動かない。

隣からテツの緊張が伝わってくるだけだ。

——本当にこれで良かったんだろうか。身内も過去もないのを案じながら結局、実験サンプルとして丸さんのご遺体に俺は向き合っている。外部の光を拒絶した闇の中、ガラスの瞳が甦《よみがえ》る。お前のような大人には期待しない、と睨《にら》んでいる。所詮、俺がしているのは愚鈍な科学者の思い上がりなのか。その時、俺を覆う影をテツの明るい声が切り裂いた。

「高宮先生！　スクリーンが！」

本人みたいに控えめに灯るスクリーンには陽射しを浴びる葉の緑と、土まみれの両手いっぱいの青い実。えびす顔の利根さん。そして、平和そうに笑う俺がいる。

大切な記憶がこれでいいのか、丸さん。スクリーンに釘付けになっていると、テツが静かな涙を流していた。この子が泣いている姿は初めてだな、と頬が綻《ほころ》ぶ。ふと、いつもの散歩道で利根さんの説法めいた喩《たと》え話が妙にしっくり来た。

そうだ、人間誰だって良い種も悪い種も持っている。どちらが成長するかは育て方次第だ、ってね。

9

流れよ黒き涙、と博士《せんせい》は言った

切り捨てられたのか。室屋《むろや》ダイはそう結論付けると、哀れだな、と続けた。

七年前、西門《さいもん》であれば野原充子《のはらみつこ》のような身元不明者を受け入れると踏み、短期健忘症状を起こす薬を伊坂《いさか》龍一に投与させて潜入。高宮《たかみや》博士の脳研究を探っていた矢先に高宮が急死したが遂に居所を掴まれた。伊坂はたまたま置いたコマに過ぎず、どうせ山道での事故死も操作だろう。トラックに衝突した旋回中ドローンを防犯映像から抹消するような男だ。そう、トカゲのしっぽの如《ごと》く切り捨てられたのだ――昔の俺のように。

施設を出た直後、ダイはSNSの伝手《つて》で、当時工学部の院生だった杉浦《すぎうら》が興したAIシステム会社を手伝いつつ、ある側面でも実行役として働いていた。だが所詮は組織の末端、指示はメールのみ。杉浦は爪の先ほどもダイを認識していなかった。そこで世話になった古巣――二十二世紀スフィア計画と研究所の内部情報を提供したが、それも奪取されると縁を切られた。奪えるものは奪い、無駄になったらすぐに捨てる。あれがあの男の本性だ。

こういう時、ダイはいつも母親のことを考える。今頃どこで何人目の男と関係を持ち、捨てられたのか。息子を捨てたことを数秒でも後悔するのか。もしも謝罪して来たら自分は許すのだろうか。——答えは決まっている。ノーだ。高宮でさえ、俺を見捨てた。

他者理解など脳が作り出した幻想だ。世界とは各個体が感受した認識に過ぎず、他人は自分と同じ世界など見ていない。ところが、故人限定とは言え、高宮博士はそれを可能にした。それならば、絞り切るまで恩恵を拝受するのが人間の進化の定めだろうに、あの見下すような軽蔑の眼差しは——。ギリ、と奥歯を噛みしめる。

人生投影式の黒い箱型スイッチを手にしてダイは呟く。「サンプルは充分だ。明日が楽しみだ」

＊

西門里加《りか》が顔を見せなくなって一週間。室屋テツは、ありの実園の脇道を当てもなく歩いていた。春を迎えた空は晴れているが分厚い雲に遮《さえぎ》られ、並木道が暗く感じる。七年前を思い返しても、意識朦朧としたガルこと伊坂の反応は演技には見えなかった。しかし、伊坂は己の死と引き換えに研究スパイ行為を告解した。そっとテツは目蓋《まぶた》を閉じる。脳裏に浮かぶのは泣き崩れる西門の姿。虚《うつ》ろな瞳はもはや生者のものでは無く、空洞は絶望そのものだった。

――人生投影式は、本当に鑑賞者を幸せに出来るのだろうか。

あの世へ旅立つ人から遺された人を繋ぐ助けになると信じ、高宮博士の意志を継いだ。二十二世紀スフィアAIチーム開発の【human-sphere《ヒューマンスフィア》 システム】――匿名制のビッグデータから各個人に最適なライフプランを提供する――で抽出された候補者《モニター》と面談し、式を執行してきた。臨終を控えた候補者《モニター》は最終的に兄、ダイの手によって絞られてきた。

ダイに去られた十六歳の頃、突然、出口の見えないトンネルを歩かされた気分だった。その翌年に「仕事を始めた」と連絡が無ければそのまま自分は闇に飲み込まれていただろう。狭いアパートの玄関で母親の足音を待ちながら腹を減らしていた時も、周りに馴染めず膝を抱えていた時も一緒にいてくれたのはダイだ。――その兄が間違う訳がない。

その確信の片方で、目蓋の裏側に虚《うつ》ろな西門の姿と、鉄屑と化したトラックが浮かび上がる。ドローンに衝突されてトラックのハンドルを誤った坂本博《さかもとひろし》の人生投影式で、彼の死は何者かに抹消されたと年老いた両親にはあまりにも惨《むご》い事実がテツを内側から斬りつける――こんなのは自己満足だ。空洞の声に引き摺《ず》り込まれるのに抗《あらが》えず、項垂《うなだ》れ木陰で立ち止まる。すると突然、

「室屋さん？」

聞き覚えのある声が天気雨のようにテツの頭に降った。昨年五月、黄色いカーネーションが赤く染まっていく母親の人生投影式の鑑賞者、森田《もりた》だった。

「一度、母が最期に住んでいた場所を見てみたくて」

スフィア内の住宅街を指さす。その手前にはスフィア住人達に愛される散歩道が広がり、えびす顔の利根《とね》が歩いてくる気がして不思議だ。灰色の空へ伸びる枝に名残雪のような白い蕾《つぼみ》が膨らんでいるのがテツの視界に入る。花はどんな世界を見ているの、と問うた午後の陽射しが抉《えぐ》られた胸に甦《よみがえ》る。テツの幼稚な質問を高宮は笑わなかった。父を知らない幼い日々に先生《高宮》は春を教えてくれた。

「森田様、差し支えなければ教えて下さい。人生投影式を鑑賞されて後悔はありませんか」

一瞬驚いたが、喪服姿で狼狽《ろうばい》する面影が消えた森田は、木漏れ日のように微笑んだ。

「……正直言うと、最初は絶対見るもんかって思っていました。死んでからも私の気持ちなんて考えない毒親なんだって。だって、向こうは言い逃げじゃないですか？」

森田の丸い刃の返答がテツの傷を深める。すると「ママぁ」と花のトンネルの先で手を振る少女に振り返し、「娘がいつ私を嫌いになるのか怖いです」と冗談めかして続けた。

「これからも、母の全てを許すつもりはありません。ですが、母は母の景色で私を見ていたのだと分かりました。お陰様《かげさま》で……やっと、前に進めた気がします」

雪解け後のような表情を見せると、彼女は摘んだばかりの黄色い野花を差し出す。受け取ったテツの耳に、咲くのを待ちわびる花達の笑い声が聞こえた気がした。

＊

国内某所、五重ものセキュリティで守られた地下二十五階の会場の舞台袖でダイは一瞥《いちべつ》した。有象無象《うぞうむぞう》の中には政財界の大物から地下市場の有名人まで、これから何が起きるか知らずにテーブル席で寛ぐ姿を投影した黒い瞳がぎらりと輝く。まるで夜光灯に集る虫だ。

——遅い。テツの奴、何してるんだ。これが最後のモニターだと言うのに。

ギリ、と奥歯を噛みしめるとダイはいつもの仮面を被り、ステージ中央へと立つ。褐色の逞《たくま》しい肌を包む黒い背広姿がスポットライトを浴び、死神のような輪郭を描き出す。

「皆様、お待たせしました。今夜のホストを務めます室屋です。ああ、ご安心下さい、この会合は充分承知です。……しかし臓器売買ルートとは、繁盛しているようですねぇ。どうりで連日ニュースになる高齢者行方不明捜索が難航するわけです、恐れ入りましたよ」

杉浦ではないと分かった参加者が一斉に騒ぎ出す。ダイは動じない。唇の前で指を立てながら制する。「本日はこちらをご覧に入れましょう。二十二世紀スフィアを生んだ高宮博士による脳神経科学研究の集結、スクリーン・オブ・ライフを！」

ドローンに繋がれた棺桶を呼び寄せ、パノラマジック搭載のスクリーンで投影準備を始めると一転、観客からの不信感が好奇心に変わっていく。おかしいほど食いついてくる。

　脳の新皮質にある百億ものニューロンは上空から見下ろした樹林のように枝葉を広げ、外部情報を感受することで、受信者の周りを【世界のモデル】として構築する。それを海馬に保存したものが記憶だ。現段階では死後三日限定だが、その記憶の可視化に成功した。

　そう断言した途端、「本物の黄泉《よみ》がえりで葬儀業界に革命を」「死者を被告席に」「故人の秘密を暴ける」と会場中に黒い期待が膨らんでいくのを、ダイの瞳に投影される。

　――ゴミだ。こいつらが社会を狂わせた。

　ステージに詰め寄ろうとする勢いに、ダイは静かに両手で制する。

「後ほどゆっくりお楽しみ頂けますからお待ち下さい。その前に、補足を一つ。記憶ですが、強い情動が伴う場合、扁桃体で制御された感情も同時に呼び起こされます。つまり、心の傷は身体的なそれ同等の損傷が脳に刻まれます。しかし残念ながらその傷は当人以外、せいぜい数値ぐらいしか認識出来ません。しかし、こちらも体感が可能です！　そう、皆さまの目の前の棺桶、その中には臓器を抜かれて売られる予定だった身元不明者が入っています。そのご記憶はさぞかし苦しいものだったでしょう……、それを皆様に体感頂けますよ、楽しみですよねぇ」

観客達の欲望が急速に凋《しぼ》んでくと「非人道的だ！」と野次が飛び交い始めた。

「おや？　我先に技術買収しようとハイエナ顔負けだったのに怯《ひる》みましたか？　それともこんな社会の底辺の人間の記憶には価値など無いとでも？　……いいか、これは一例に過ぎない。……パノラマジックの儲けだけでなく杉浦にすり寄って甘い汁を吸っている陰で、スクラップみたいに踏み潰された人間の存在を、お前らは見ようともしなかった‼」

ダイの怒号に観客の波がびくりと止まる。ダイはそれを合図に舞台袖から自動車椅子を呼び寄せた。生気なく座る男の眼窩は落ち窪《くぼ》み、頬はこけ、まるで骸骨《がいこつ》のようう。

「よく見るがいい。これが、いじめ加害の代償だ。杉浦の追鑑賞もあとでさせてやる！」

それが杉浦社長だった者だと分かると、最前列で悲鳴が上がった。巣を突《つつ》かれた虫の如《ごと》く出入口へと逃げ惑《まど》う参加者を映すダイの両目に、スポットライトが零《こぼ》す光が反射する。

――格差、過労働、パワハラ、毒親と干渉、救われない被害者、無縁社会の末路、無慈悲な世界。磨かれたガラスのような眼球の奥で黒い実像が結ばれると、闇を斬《き》るように褐色の指が投影スイッチを力強く押す。――ところが、

「何だ、失敗か？」

びくりともしない画面に詰め寄る人々をよそに、ダイが何度繰り返しスイッチを押してもスクリーンは灯らない。「煩《うるさ》いッ！　今日は中止だ!!」

恫喝されて退場する参加者を気に留めず、脳波の問題かと必死でスイッチを探るが黒い小箱は沈黙のまま。すると、「壊れていないよ」

暗がりから声が響く。声の方角をギッと凝眸《ぎょうぼう》する狼狽《うろた》えた褐色の顔に、ゆっくり

と安堵が滲む。「……遅刻だぞ、テツ」

闇に染まるガラスの瞳に銀色が映《は》える。テツの白い顔がゆっくりと首を横に振った。

「……故人が願わない限り、スクリーンに記憶は投影されない。誰も、その人の大切な記憶に勝手に土足で踏みこめないんだよ。兄さん」

＊

数時間前、黄色い花束を握ったテツは西門を訪れると、「謝らないで」と肩を抱かれた。

「本人から聞けて良かったって今は思っているの。ガル……じゃない、伊坂さんの気持ち」

……ああ、この人はずっと優しい。たった一人で闇を抜け出したのだ。施設に来たばかりの頃と同じ温もりがテツの心の空洞に広がると、鮮明になっていく脳裏に潜入報告をする伊坂の投影スクリーンと、消されたドローン機体の破片とがパズルのように符合した。

「……西門さん、分かりました。あれは伊坂さんからの告発だったんです」

二人きりになった会場、自分にそっくりな兄を見据えるとテツはゆっくりと口を開いた。

「あのドローンは二十二世紀スフィアのと同じ、人感センサー付きのものだった。野原充子さん捜索でも使用した。杉浦社長は、表ではパノラマジック社代表者の顔を持ちながら、裏ではこうして身元不明の高齢者の臓器売買の闇ルートを操っていた。それに役立ったのがドローンだ。……そもそも杉浦社長はホログラム技術買収の件で二十二世紀スフィア研究機関を出禁になっていた。そこで伊坂さんを潜入させたところ、丸さんのような認知機能低下で身元不明になった住人が美味いカモになると知ったのが闇ルートの発端だ。

しかし昨年の夏、カモを物色中のドローンが誤って坂本博さんのトラックに衝突、けれど防犯カメラ等の記録映像などフェイクレイヤーすれば揉み消すのは簡単だった――兄さんに見つかるまではね。人生投影式モニター候補にしては坂本さんが若過ぎるのを疑った兄さんの勘は正しかった。でも、杉浦の脅しの材料と同時に、別の事実も兄さんは得た。故人の記憶は記録とは全く別のもので、個人の視界は独立するという実証。――そんなことの為に、鑑賞者の坂本さんのご両親は辛い想いをされたんだ！」

「何を怒っているんだよ？　それこそ他人の記憶に土足で踏み込めないと分かっただろう。そいつの遺族だって自損事故じゃないと訴える証拠になって御礼されたいくらいだ。スクリーン・オブ・ライフで見せつけてやろう。テツ、お前とならば腐った世界を変えられる」

「……だから、苦しみながら生きてきた方々を、投影者《モニター》に選んだんだね……？」

「国が見ないふりしたせいで野原は子を持てなかったからな。トラック運転手も人手不足で会社に過剰労働を隠蔽されていた。予想外だったのは、パワハラ被害の男とＡＩ失業のおばさんか。死の間際、苦しみの元凶じゃなく心残りを選択した。役立たずのサンプルだ」

やめろ、とテツが全身で叫ぶ。「いくら兄さんでも、故人を冒涜するのは許さない」

「お前も言うようになったなぁ？　——確かに、パノラマジックに飽き足らず、国内初の脳操作システム・ＢＣＩ《ブレイン・コンピュータ・インタフェース》（脳波マシン）に関心があった杉浦に、高宮博士の情報を売ったのは俺だよ。短期記憶消去の技術もな。お前ほどじゃないけど家庭教師のつもりで馬鹿正直に俺に色々教えてくれたからなぁ。あと、ガルとか言ったっけ？　西門も入れ込んで馬鹿だよなぁ、俺と同じように使われて捨てられたくせに固執して、見ていて笑ったよ。それに杉浦の言い分も分からなくもないだろ？　借金押し付けて死んでいく老人も、パノラマジックで現実逃避する輩も、ＳＮＳで自分の都合良い相手としか繋がらない人間も——目の前の人間を死角に追いやっているゴミみたいな人間が溢《あふ》れているのが現実界だ！　そんな輩を矯正するのが技術の役割だろぅ!?」

　無明の瞳が容赦なくテツを突き刺す。光の届かない心の空洞がダイの言葉に共鳴する。人間は自分の気持ちを分かって欲しい一方で、誰にも理解出来ないと頑なに壁を作っている。一人分の世界は地球を呑み込むほど広大な宇宙だ。それが八十億倍の世界となれば。

「……でも、投影者の記憶はその人の世界に存在する相手しか、鑑賞出来ないんだ」

「その哲学的な言い回し、相変わらず高宮博士にぞっこんだなぁ？」

　挑発に怯みそうになるのをぐっと耐えると、テツは真正面からガラスの瞳を見つめる。

「じゃあどうして森田さんをモニターに選んだの？　シングルマザーで必死に娘を育てていた、僕達を捨てる前の母さんのように。兄さんに救いたい気持ちがあったんだよね」

「――あの女の話はするな」

ギリ、とダイが奥歯を噛みしめる音が会場に響き渡る。

「俺を殴るだけ殴ってそれに飽きると、あの女は捨てたんだ。あの女を捨てた父親も!!」

ギリ、と踏み潰《つぶ》す音が響くと同時に、ダイの暗いガラスの瞳が僅《わず》かに揺れ、テツは人形のように穏やかな表情で口を開く。それは、闇に光が届くような祈りの言葉で。

「兄さん。人間は他人に自分を分かって欲しいと思うと同時に、他人を分かりたいとも願っているはずだ。――これは、スクリーン・オブ・ライフの意志だ」

動揺しているダイの手からテツは、黒い小箱《スイッチ》を受け取る。遺体に繋がれていたコードは外され、何にも繋がっていないスイッチを押すと先程まで起動しなかったのが嘘のようにスクリーンに光が灯った。画面に浮かび上がるのは〈高宮博士の人生投影式〉の文字。

――どういうことだ。とっくの昔にくたばっているはずなのに。ダイが狼狽《ろうばい》する。

「その通り、人生投影式は死後三日過ぎると無効だ。でも、これは高宮先生から預かった遺言。兄さんは七年前来てくれなかったから……。もしも、期限無しに投影が鑑賞可能だと知ったら、必ず死者を冒涜する人間が現れるだろう。兄さんの言う通りだ。だから、高宮先生は記憶の記録方法を誰にも知らされせぬまま、永遠の眠りに就かれた」

「……お前も、知らないって言うのか」

ゆっくり頷《うなず》き、毅然と向かい合うテツにダイは抵抗しなかった。

陽だまりに似た白い光に包まれるスクリーンの中、まだ褐色の強さを知らない少年が立っている。欠けた世界の部品で作られた兄弟人形が二体。ひ弱な弟を必死に庇《かば》いながら痩せた兄が睨《にら》み付けてきた。あまりにも幼い自分の姿にダイは釘付けになる。

ここに居ないはずの高宮の気配に、父親を知らない二人は全身で感じる存在を、何と名付けたら良いか分からない。

「ダイ。君はその瞳に暗闇を抱えて、私や大人達を否定していた。それは君自身が濁りのない湖のようだったからだ。澄んだ透明の水面はあっさりと残酷な世の中を、人間の……私の、利己的で醜い部分を鮮明に映していた。だからこそ、君にきちんと伝えよう」

続けて発せられた高宮の言葉が、ダイとテツの足元を温かく包んでいく。

「……何でお前が泣くんだよ」

音もなく涙を零すテツの横で、ダイはもう、死神の仮面を剥がしていた。高宮博士のスクリーンを反射する表面はこなごなに崩れ、純度高い水のように清らかな光を放つ。

生まれたての涙。それは球体《スフィア》のように丸く、褐色の頬を滑《すべ》り落ちていった。

10

スクリーンは黄金色《こがねいろ》

人生で一番古い記憶も、兄の背中だった。

鏡の中の僕そっくりで、DNAを知らない頃から兄と同じ血が流れているのを知っていた。「夕焼け小焼け」のメロディが流れる通学路、駆けて行く黒いランドセルを二年後の未来を捕まえるように追い掛ける。兄の背中を見失うと、僕は泥だらけのスニーカーを見下ろし、このまま地面ごと世界が消えてしまうんじゃないかと不安に包まれた。

「おい、テツ。何て顔してんだよ。俺がいないと本当に駄目だなぁ」

振り返ると兄は、鬼役ばかり回ってくる子供を笑うように手を差し出す。僕より少しだけ大きい掌《てのひら》はささくれだらけだった。夕暮れのオレンジに滲む住宅街の片隅、宇宙に置き去りにされた気分だった僕は、カサカサの手を離さないように強く、強く握り返した。

「――テツくん？　……テツくん、大丈夫？」

砂利道に細長く伸びる影に兄を重ねていると、横から柔らかな声に肩を撫でられる。

「西門《さいもん》さん。すみません、ぼうっとしてました。……やはり慣れないですね、こちら側は」

沢山の故人様と向かい合って来たのに、黒いリボンに結ばれた遺影を前にした僕の体は固まっていた。成人後、兄が笑っている写真はこれ一枚きりだ。

これから室屋《むろや》ダイの人生投影式を始める。鑑賞者は実弟、室屋テツ——僕だ。

冬に逆戻りしたような春の宵、兄の病気が悪化した。二十二世紀スフィア住民である兄は【human-sphere《ヒューマンスフィア》　システム】のヘルスサポート機能でどんな小さな病巣も早期発見出来たはずが、「誰かの言いなりになるのはもう充分だ」と、指のキューブ端末を外していた。

センター病院棟の冷えた廊下のベンチで兄が目覚めるのを待ち続けて七日、結果は兄の勝ちだった。夜中に閉じる花のように静かな寝顔だった。雄弁な瞳は瞼《まぶた》に隠され、病室の灰色の壁に囲まれた僕の世界が崩れ始めた時、ピーピーと端末からの電子音で現実へと引き戻された。ホログラムで浮かぶ通知——兄の筆跡《サイン》を記した人生投影式申込書だった。

澄んだ青空の下、兄の棺《ひつぎ》を運ぶドローンに続いて火葬場へと西門さんと歩く。葬列に合掌する見知った人達には新しい顔もいる。杉浦《すぎうら》氏の闇ルート摘発後、高齢者行方不明数が激減した一方でスフィア移住者が増えた。年齢も性別も出身もさまざまで活気付いている。

小径へ入ると、満開の梨畑で枝に腕を伸ばす人々の中、慣れた手つきで雌蕊《めしべ》に花粉を付けている女性が僕に気付き、手を止めた。

「室屋さん。……この度はご愁傷様です」

ありの実園主の美園《みその》さんにお辞儀すると、聴き慣れたメロディが流れてきた。作業以外の動きをする二つの人影を見付ける。「相変わらずお好きなんですね」するとと彼女は照れながら、木陰に置かれたパノラマジックとは別会社の端末を指差す。最新のライブ映像だろう、緑茂る梨畑を背景《ステージ》に、のびのびと歌うＪＵＮ《ジュン》のホログラムの横、彼より年下のギタリストが自信に溢れた音色を奏でている。

「再デビューには驚いたわ。相棒のYUMA《ユーマ》って確か、投影者の」

西門さんの囁《ささや》きに頷《うなず》く。先月、鑑賞者のJUNこと青山准一《あおやまじゅんいち》さんはご遺族の許可を得てAIホログラムの岡崎優馬《おかざきゆうま》さんと再始動《リブート》した。大ヒット楽曲の再録音とあり、その話題性から再生回数は前回を更新中。透明の弦が弾《はじ》く音色に重なる歌声は一秒のズレもない。

再び美園さんに一礼し、辞した。きびきびと作業に戻る姿に利根さんは見惚れるだろう。

「テツ君。梨はさ、同じ品種の遺伝子同士だと実らないんだよ。似たもん同士で慣れると環境変化を生き残れないからね。人間と同じだな！　だからこうして受粉を手伝うんだよ」

呵々《かか》と笑い飛ばす声が聞こえてきそうで、空を仰ぐ。梨の黄金色を反射して眩《まぶ》しい。

――兄さんの見ていた世界を、僕は、受け止めきれるだろうか。

生前、准一さんの対面を拒否した優馬さんの気持ちが痛いほど分かる。怖かったのだ。近過ぎる相手は誰よりも遠い。隣にいる相手の瞳に映る世界を覗いた時、自分と違う景色だと無言で知らされるほど残酷なことはない。相手を傷つけるのも傷付けられるのも同じ深さだ。一度も振り返らずに夕焼けへと走る兄がどんな顔をしていたのか、僕は知らない。

痩せた顎を覆うマスクの上で、しー、と兄は指をかざして僕に目配せした。秘密の合図みたいで小学四年生の僕はわくわくした。その年の冬の終わり、突然「マスクしろ」と大人達がうるさく騒ぎ出し、僕達三人で暮らすアパートに母が居る時間が増えて喜んだが、それも最初だけだった。勤務時間を削減されて苛立つと、母の中でまた鬼が暴れ始めた。

父と呼ばれるべき男は僕が生まれる直前、母を捨てた。二十代半ばの母は公的手当を貰いつつ契約雇用の仕事で僕達を育てていたが、兄が小学校へ上がる頃には昼夜逆の仕事に変わっていた。それが理由か生来の素質か、情緒が乱れるようになったのは後日兄から聞いた話で、年下の僕が覚えているのは「アタシが馬鹿なせいでごめんね」と泣きながら僕達を交互に抱きしめた母のカサカサの頬の感触と、その後に出してくれた値引きシール付きのアップルパイの味。あと、泥酔して帰宅した母が蹴ったドアの凹みの形とアルコールの寝息。そして、テーブルに僕達の食事が置かれなくなったことだけは、よく覚えている。

「本当はこいつらの投げ銭が換金出来ればいいんだけど」

母に昔与えられたタブレットを睨んで兄が零《こぼ》す。小学六年生にして兄は人気ゲーム実況配信者だったが、未成年が自分名義の銀行口座を知る訳がない。もう五日間、僕達は何も食べていなかった。給食がある間は凌《しの》げたが、冬休みの間は兄が半分くれる賞味期限切れの食パンや牛乳はすぐに無くなった。一週間も母が帰ってこないのは初めてだったが、

「大丈夫だよ、俺が何とかする」

春から中学生になる兄は頼もしかった。どんな賢い同級生も敵わない、と弟で居ることが誇らしかった。だから、兄に秘密を打ち明けられた途端、わくわく感は霧と消えた。兄はネットゲーム以外の場所――陽の当たらない市場《ルート》でも自分の頭脳を金に換えていた。

「ママが帰ってくるまで俺達で稼ごう。ほら、テツ。早く」

応募画面を開いたタブレットを押し付けられ、僕は声を喉に詰まらせながら兄を見上げるほか無かった。不健康に白い顔、ギラリと黒い光が僕を狙撃するように見下ろしてくる。

「いいか、二度とそんな目で俺を見るな。お前なんて俺がいないと何も出来ないくせに」

――たった二歳しか違わないくせに。好きで、兄弟になった訳じゃないのに。

黒い感情が、胸の底で産声を上げた瞬間だった。

「……つまり、うちの偽の闇バイト募集と分かりながらわざと引っかかったのね、テツ君」

兄の死に顔に視線を落としながら、西門さんに頷く。重そうな火葬炉の鉄扉《てっぴ》の前、白木の棺で眠る兄は色を失ったようで、高宮先生の人生投影式で見た幼い兄のままだ。

「当時、兄は新興のＡＩビジネス詐欺の客引き役をしていたようで、まだ高校生だった杉浦と知り合った時期と一致します。現金受け取りの報酬は、僕の、食事代に」

「テツ君、お願い。私の前では無理しないで」

「……兄は幸せだったでしょうか。こんな僕が、弟で」

十歳の僕は愚かな世界に染まる兄に失望し、軽蔑した。偶然ネットで見付けたのが闇バイト。囮《おとり》と勘付き保護施設の近道だと、応募して兄を安心させた。騙したのだ、兄を。

「本当に嫌な相手に、わざわざ人生投影式を遺さないわ。私がいい例でしょう？」

苦しみを乗り越えた人の声は、何故こんなに優しいのだろう。西門さんや新しい歌を歌う准一さん、見守ってきた全ての鑑賞者の顔を思い返す。その瞳に映るのはいつも明るい未来だけだった。僕は黒い小箱《スイッチ》を押す。兄、ダイの頭上のスクリーン《スクリーン》が灯り始める。

泡の凋《しぼ》んだビールグラスや日本酒の瓶が散らかるダイニングテーブルの上、浅黒い顔を赤くして頬肘をつく姿に息を飲んだ。記憶よりも若く、機嫌良さそうな表情の、母だ。

「明日も早く帰ってきて」強請《ねだ》る兄の声も幼い。僕がいないのは先に寝かされたのだろう。こんな穏やかな夜もあったのか、と安堵した直後、笑う母に合わせて揺れる兄の景色が突然霞《かす》んだ。燃えるようにヒリヒリと全身が叫び出す。目の前には、大きな母の拳《こぶし》。

「……そんな目で見ないでよ！　アンタお兄ちゃんでしょ、自分で何とかしてよ!!

その顔、あの男に似てきやがって!!　ああ、もう、あんたなんか産むんじゃなかった」

とめどない罵倒よりも「ママ、ごめんなさい。ごめんなさい」とよわよわしく幼い謝罪の声の方が痛くてたまらない。「テツがお腹空かせて可哀想だよ」と兄の無垢なお願いが母の中の鬼を目覚めさせたのだ。ぼやける視界の隅、表面の凹んだドアの隙間から白い影と目が合う。こちらを覗くのは冴えた瞳。そう、あの夜の僕と目が合う。

――たった二歳しか違わないくせに。俺だって、好きで兄弟の先に生まれた訳じゃないのに……!!

扉越しに、音のない兄の悲鳴が体に流れ込むように僕は感じていた。けれど、まさか。

「……兄さん。……あの日も、気付いていたんだね？」

スクリーンが暗転。再び明るくなったそこには、暮れなずむアスファルトが広がっている。「夕焼け小焼け」の流れる懐かしい通学路には遠ざかる兄の背中ではなく、家々の片隅で蹲《うずくま》る小さな影。僕がいた。忘れもしない、兄の虐待を初めて見た翌日だ。

――僕がいなくなれば、お兄ちゃんはママに殴られなくなるかも知れない。

そんな幼稚な仮説を信じた僕は、兄の背中を追うのを止めたのだ。

速まる鼓動に合わせて胸の奥底で黒い感情がゆっくり解けていく。肩から西門さんの手の温もりを、そして、黒い小箱《スイッチ》から高宮先生の意志が伝わってくる。

高宮先生の急逝直前に行った共同実験結果がスクリーン・オブ・ライフの源となった。隣り合う透明のケージに閉じ込めた二匹のマウスの一方に痛みを与えると、片方のマウスの脳内の腹内側前頭前野《はらうちがわぜんとうぜんや》が反応した。情動伝染を司るニューロンの発見――つまり、生き物は共感する脳を持つ。見える世界は違っても、隣にいる誰かの世界を見ようとする力だ。

「テツ。何て顔してんだよ。俺がいないと本当に駄目だなぁ。……ほら、おいで」

そっと差し出された右手、おそるおそる僕はホログラムのそれを掴む。大好きなささくれの感触そのままだ。兄の意識が、僕の心臓に流れ込むように再び鼓動を打ち始める。

――俺が守ってやるからな、テツ。

黄金色の中、地面に繋がれた細い腕の影が揺れ続ける。兄の世界はこんなにも美しい。

「……もう僕は大丈夫だよ、ありがとう。兄さん」

ふと、握り締めた左手を見れば、いつの間にか黒い小箱《スイッチ》の灯りは消えていた。

人生投影式　申込書

受付日： 20　年　　月　　日
受付者：スクリーン・オブ・ライフ　（　　　　　）

投影者（申込者）情報

フリガナ		連絡先	
名前		メール	
住所			
生年月日	年　　月　　日	年齢（※申込時）	歳
予定の葬儀所	喪主家・市営斎場・寺院・集会所・民間葬祭会館・その他	予定の葬儀所名	
予定の葬儀所住所			
予定の葬儀所担当者名		予定する葬儀所連絡先	

投影希望する記憶について			
該当日	20　年　　月　　日	該当時間（※おおよそ）	AM・PM 時頃から約　　分間
該当時の同席者	有・無	該当時の同席者氏名 ※複数可	
該当場所			
該当記憶について詳細			
投影の目的			

鑑賞者（被投影者）情報

フリガナ		連絡先	
名前		メール	
住所※分かる限りで記入			
投影者との関係	父・母・きょうだい（姉・兄・弟・妹）・祖父・祖母・親族（　　　）・配偶者（夫・妻）・友人・職場関係者・知人・その他（　　　　）	鑑賞者へ人生投影式事前告知	有・無

申込日　20　年　　月　　日

ご署名

スクリーン・オブ・ライフ・ライフ 記入欄

あとがき

「『たぎる想い』『みんなを幸せにする』『自分らしさ』について、それぞれ三分間で自由に述べて下さい」

こ、これはもしや圧迫面接!?　昨年四月、文学レボリューションの二次面接にて右記のように告げられ、頭が真っ白になりました。就職氷河期世代の私は、御祈りメールばかり受け取っていたトラウマがフラッシュバックしたものの、急いで頭を切り替えました。

たぎる想い。……それは簡単に口には出来ないもので、誰かが受け取るのを待っている大切な想い。そして、きっと文学ならばそれを叶えられるのではないか、と確信し、私は長年にわたる小説への片想いをたどたどしくも答えはじめました。すると、文学レボリューション審査委員である向田社長、山崎審査員長、中村学長はじっくりと耳を傾けて下さったのです。最初こそ厳めしく見えた面接官が、私のたぎる想いを全力で受け止めて下さっているその姿に感動を覚えました（しどろもどろな自分の返答は棚に上げて）。

小説ならば他者と深いところで繋がることができる。面接を終えた時、改めて文学レボリューションコンテストの意義を感じ入り、「今回ご縁がなくても次も参加したい」と決意した矢先、至極光栄なことに第一回の大賞受賞のご連絡を頂きました。

思えば多感な十代の頃、どこか周りとズレていることに一人悩んでいた私を救ってくれたのは小説でした。どんな感情も否定しないその包容力は、同時に、自分以外の他人が見ている世界を知る術も含んでいました。目の前にいる相手と伝わり合えない悲しみの中、諦めず、腐らずに私が生きていられるのは、やはり文学の力のおかげです。

しかし、それゆえに執筆の壁にぶち当たりました。文学の力を一層噛みしめたゆえ、沢山の素敵な作家さんの中から選ばれたプレッシャーにも潰されそうになりました。そんな時、ふと面接での「みんなを幸せにする」のキーワードを思い出しました。現代は悲しくもSNS等で他人を傷付ける言葉が溢《あふ》れている一方で、大切な言葉がどんどん流されてもいます。――まずは相手の見ている世界を理解すること。それが、みんなが幸せになる一歩かも知れないと、小説の可能性を信じて本作を描き始めました。本書を閉じた時、その想いの欠片だけでも伝わったのなら幸甚です。

初の書籍出版に際し、沢山の方々にお力を頂きましたことに御礼申し上げます。

物語る意義や葬儀の内情まで、何から何まで懇切丁寧にご教示下さった山崎審査員長、

執筆に行き詰った時にはいつも全力のたぎるエールで私を鼓舞して下さった中村学長、

憧れ続けてきた書籍化のチャンスを与え、私の些細な声も大切にして下さった向田社長、

問いかけるような人物画に惚れこみラブコールし、快く装丁を描いて下さった黒沼さん、

親身にサポート下さった株式会社二十二世紀アートの赤嶺さん、迫田さん、福富さん、皆様がいなければ、本作がこの世に生まれることはありませんでした。

また、恒星のようにそれぞれ輝く文学レボリューション仲間、スランプ時も見守り続けて下さる執筆・小説仲間にはいつも刺激を与えてもらっています。創作の深さと面白さを教えてくれた四半世紀超えの親友と、いつも味方でいてくれる大切な伴侶と家族に感謝を。そして、私を奮い立たせてくれる全ての文学と推しに愛を。

そして、お読み下さったあなたにたぎる想いを。ありがとうございました。

二〇二四年　五月

末苑　真哉

出版にあたって

この度は、『人生投影式〈スクリーン・オブ・ライフ〉』を手に取っていただき、誠にありがとうございます。この物語が皆様の心に何かを響かせることができたなら、本書が誕生するきっかけになったコンテスト「文学レボリューション」の企画発起人として、これ以上の喜びはありません。

文学レボリューションは、「たぎる想い」があれば「素晴らしい作品」を創ることができるという情熱的な信念のもとに始まりました。その記念すべき第一回優勝作品が『人生投影式〈スクリーン・オブ・ライフ〉』であり、この続編が1冊の壮大な大作として皆様の手元に届いたことは、まさに夢の結実です。

物語の主人公たちが直面した人生の岐路や感情の葛藤は、誰もが経験する普遍的なテーマです。特に家族関係や友情といったテーマは、私たちの日常に深く根付いており、読み進めるうちに、その複雑さと美しさに心を打たれました。

『人生投影式〈スクリーン・オブ・ライフ〉』は、単なるフィクションではありません。そこには、現代社会が抱える問題や、人間関係の本質に対する鋭い洞察が込められています。ＡＩの進化やホログラム技術の発展は、私たちの生活を大きく変える可能性を秘めていますが、その一方で、変わらないもの、変えたくないものも存在します。家族の絆や友との思い出は、どんなに時代が変わろうとも、大切に守り続けたいものです。

本作が皆様の心の中で小さな種となり、やがて大きな花を咲かせるきっかけになればと、心から願っております。その花が何色に咲くのか、それは皆様一人ひとりの人生の中で決まることでしょう。皆様の人生に少しでも彩りを加えることができれば幸いです。

最後に、「文学レボリューション」や『人生投影式〈スクリーン・オブ・ライフ〉』を世に送り出すにあたり、惜しみない支えをくださったすべての方々に、心から感謝申し上げます。私たち、そして何より未苑さんの情熱が、皆様に届きますように。

22世紀アート代表取締役社長　向田翔一

●参考文献

『最新技術シリーズ　生成AI、IoT、VR・AR・MR、メタバースと5G　2024年版』寺島信義（kindle版）

『2050年の世界　見えない未来の考え方』ヘイミシュ・マクレイ、遠藤真美（日本経済新聞出版）

『未来の年表　業界大変化　瀬戸際の日本で起きること』河合雅治（講談社現代新書）

『脳は世界をどう見ているのか　知能の謎を解く「1000の脳」理論』ジェフ・ホーキンス、大田直子（早川書房）

『脳と人工知能をつないだら、人間の能力はどこまで拡張できるのか　脳AI融合

の最前線』紺野大地、池谷裕二（講談社）
『記録と記憶のメディア論　（シリーズメディアの未来　9）』谷島貫太、他一名
『AI×地方創生―データで読み解く地方の未来』広井良典、須藤一磨、福田幸二（東洋経済新報社）
『脳科学のウソとホント：予防と治療のために』西崎知之（22世紀アート）
『認知バイアス　心に潜むふしぎな働き』鈴木宏昭（ブルーバックス）
『ボクはやっと認知症のことがわかった　自らも認知症になった専門医が、日本人に伝えたい遺言』長谷川和夫、猪熊律子（KADOKAWA）
『マンガでわかる！　認知症の人が見ている世界』川畑智、浅田アーサー　遠藤英俊（文響社）
『はじめての内観療法：あなたの人生を変える3つの問いかけ』笹野　友寿（22世紀アート）
『ぎっちょかごの家　雛職人から葬儀屋へ　家族90年の奮闘記』岩崎茂（とりい書

●参考文献

房）
『「霊魂」を探して』　鵜飼秀徳（角川学芸出版単行本）
『人生の楽しみ方は梨が教えてくれた：たのしいはつくれる　生き方に悩む全ての人に贈るメッセージ』梨子本亘希（kindle版）
『アンドロイドは電気羊の夢を見るか？』フィリップ・K・ディック、浅倉久志（早川書房）
『唯識とはなにか　唯識三十頌を読む』多川俊映（角川ソフィア文庫）

●参考記事

・ホログラムとホログラフィの違い　(jomon.ne.jp)
・地方創生　(chisou.go.jp)
・フィンランド・スタートアップエコシステム最新動向レポート
news2022204.pdf(jetro.go.jp)
・梨の受粉(人工授粉)方法　甘く形よく実らせるためのポイント　―　minorasu(ミノラス)　-　農業経営の課題を解決するメディア　(basf.co.jp)
・日本一の看板守れ　梨の生産現場でスマート農業　実証実験始まる　[千葉県]：朝日新聞デジタル　(asahi.com)
・脳でトラウマ記憶がつくられる仕組みの一端分かった　生理学研究所などマウス

実験で解明 ― Science Portal - 科学技術の最新情報サイト「サイエンスポータル」 (jst.go.jp)

・共感する脳の働きを解明、自分と他者の情報併せ持つニューロン発見ASDの理解増進へ ― Science Portal - 科学技術の最新情報サイト「サイエンスポータル」(jst.go.jp)

著者略歴

末苑真哉（みその・まや）

出身：愛知県出身

職歴：大学受験予備校に勤務、チューター職を経て現在に至る。

資格：アロマブレンドデザイナー

受賞歴：２０２３年第１回文学レボリューションにて大賞受賞。
２０２４年第７回文芸社文庫ＮＥＯ小説大賞にて優秀賞受賞、書籍化予定。

本書は第1回文学レボリューション大賞受賞作に適宜加筆修正をした書籍です。

人生投影式〈スクリーン・オブ・ライフ〉

2024年11月30日発行

著　者　末苑真哉

発行者　向田翔一

発行所　株式会社22世紀アート
〒103-0007
東京都中央区日本橋浜町3-23-1-5F
電話　03-5941-9774
Email: info@22art.net　ホームページ：www.22art.net

発売元　株式会社日興企画
〒104-0032
東京都中央区八丁堀4-11-10 第2SSビル 6F
電話　03-6262-8127
Email: support@nikko-kikaku.com
ホームページ：https://nikko-kikaku.com/

印刷
製本　株式会社PUBFUN

ISBN：978-4-88877-320-1